Toni Morrison wurde 1931 in Lorain, Ohio, geboren, studierte an der Cornell University Anglistik und hatte an der Princeton University eine Professur für afroamerikanische Literatur inne. Zu ihren bedeutendsten Werken zählen «Sehr blaue Augen», «Jazz», «Menschenkind» und die Essaysammlung «Im Dunkeln spielen».

Sie ist Mitglied des National Council on the Arts und der American Academy of Arts and Letters und wurde mit zahlreichen Preisen ausgezeichnet. 1993 erhielt sie den Nobelpreis für Literatur.

«Hätte Amerika eine Nationalschriftstellerin, so wäre es Toni Morrison.» THE NEW YORK TIMES

«Toni Morrison schafft es seit Jahrzehnten mit ihren Romanen, Zeitgeschichte und die aktuelle Politik nicht nur zu thematisieren, sondern sogar zu bewegen.» DEUTSCHLANDFUNK

TONI MORRISON

GOTT, HILF dem KIND

ROMAN

Aus dem Englischen
von Thomas Piltz

**ROWOHLT
TASCHENBUCH VERLAG**

Die Originalausgabe erschien 2015
unter dem Titel «God Help the Child»
bei Alfred A. Knopf, New York.

Veröffentlicht im Rowohlt Taschenbuch Verlag,
Reinbek bei Hamburg, November 2018
Copyright © 2017 by Rowohlt Verlag GmbH,
Reinbek bei Hamburg
«God Help the Child» Copyright © 2015 by Toni Morrison
Umschlaggestaltung any.way, Hamburg,
nach einem Entwurf von Anzinger und Rasp, München,
nach der Originalausgabe von Chatto & Windus, UK
Umschlagabbildung Mark Vessey
Satz aus der Janson bei CPI books GmbH, Leck
Druck und Bindung GGP Media GmbH, Pößneck, Germany
ISBN 978 3 499 27172 4

Für Dich

Lasset die Kinder zu mir kommen
und wehret ihnen nicht
LUKAS 18,16

ERSTER TEIL

SWEETNESS

Ich kann nichts dafür. Mir könnt ihr nicht die Schuld geben. Ich hab's nicht gemacht, und ich habe keine Ahnung, wie es passieren konnte. Kaum eine Stunde hat es gebraucht, nachdem sie sie zwischen meinen Schenkeln herausgezogen hatten, um zu merken, dass etwas nicht stimmte. Ganz und gar nicht stimmte.

Sie war so schwarz, dass sie mir Angst machte. Mitternachtsschwarz, sudanesisch schwarz. Ich habe eine hellere Haut und gutes Haar, so wie die von uns, die wir die Gelben nennen, und Lula Anns Vater ist genauso. In meiner Familie gibt es niemanden, der auch nur annähernd diese Farbe hat. Teer ist der beste Vergleich, der mir einfällt, aber ihr Haar passt nicht zu dieser Haut. Es ist anders – glatt, aber lockig wie bei diesen nackten Stämmen in Australien. Man könnte sie für einen Rückfall halten, aber wohin? Ihr hättet meine Großmutter sehen sollen; sie wurde für eine Weiße gehalten, und gegenüber keinem ihrer Kinder hätte sie jemals etwas anderes behauptet. Briefe, die sie von meiner Mutter oder meinen Tanten erhielt, schickte sie postwendend zurück, ungeöffnet. Irgendwann hatten alle kapiert, dass sie keinen Kontakt wünschte, und man ließ sie in Frieden. Alle Halb- und Viertelmischlinge waren damals so, vorausgesetzt, sie hatten das passende Haar. Habt ihr eine Vorstellung, in wie vielen weißen Adern heimlich Negerblut fließt? Ratet mal. In zwanzig Prozent, habe ich gehört. Auch meine Mutter Lula Mae wäre ohne weiteres als Weiße durchgegangen, aber sie entschied sich anders. Sie hat mir erzählt, welchen Preis sie dafür bezahlen musste. Als sie und mein Vater zum Gericht gingen, um sich trauen zu lassen, lagen da zwei Bibeln, und sie mussten ihre Hände auf diejenige legen, die für *Neger* reserviert war. Die andere war für die Hände der Weißen. Die Bibel! Ist das zu fassen! Meine Mutter war Haushälterin bei einem reichen weißen Paar. Die aßen jede Mahlzeit, die sie kochte, und verlangten von ihr, ihnen in der Badewanne den Rücken zu schrubben und Gott weiß was noch für andere intime Dinge. Aber die gleiche Bibel berühren – niemals!

Manche von euch halten es wahrscheinlich für eine schlimme Sache, dass wir uns in Vereinen, Stadtvierteln und Gemeinden, unter Studentinnen und sogar als Schülerinnen in farbigen Schulen je nach der Tönung unserer Haut – je heller, desto besser – zusammenschließen. Aber wie sonst sollen wir uns einen Rest von Würde bewahren? Wie sonst kann man vermeiden, im Drugstore angespuckt und an der Bustür weggedrückt zu werden, oder im Rinnstein gehen zu müssen, damit die Weißen den ganzen Bürgersteig für sich haben, oder beim Einkauf für die Papiertüte zahlen zu müssen, die der Weiße umsonst kriegt? Ganz abgesehen von den Beschimpfungen. Von alldem und noch vielem anderen habe ich gehört. Meiner Mutter freilich wurde es, dank ihres hellen Teints, niemals verwehrt, im Kaufhaus einen Hut anzuprobieren oder die Toilette zu benutzen. Und mein Vater konnte

Schuhe im Hauptraum eines Schuhgeschäfts anprobieren statt in einem Hinterzimmer. Nie hätten es die beiden sich erlaubt, aus einem Trinkbrunnen «nur für Farbige» zu trinken, selbst wenn sie vor Durst gestorben wären.

Ich sage es ungern, aber vom ersten Augenblick an, schon in der Wöchnerinnenstation, war mir das Baby Lula Ann peinlich. Anfangs war seine Haut bleich, wie bei allen Neugeborenen, selbst den afrikanischen, aber sie wandelte sich schnell. Ich dachte, ich werde wahnsinnig, als sie direkt vor meinen Augen blauschwarz wurde. Eine Minute lang war ich tatsächlich wahnsinnig, weil ich – nur für ein paar Sekunden – eine Decke über Lula Anns Gesicht warf und niederdrückte. Aber ich konnte es nicht tun, sosehr ich auch wünschte, sie wäre nicht mit dieser furchtbaren Farbe geboren worden. Ich dachte sogar daran, sie irgendwo in ein Waisenhaus zu geben. Und ich fürchtete, eine jener Mütter zu werden, die ihr Kind auf den Stufen vor einer Kirche ablegen. Kürzlich hörte ich von einem Paar in Deutschland, so weiß wie Schnee, das ein dunkelhäutiges Baby bekam, für das es keine Erklärung gab. Zwillinge waren es, glaube ich, der eine weiß, der andere farbig. Aber ich weiß nicht, ob das stimmt. Ich weiß nur, Lula Ann zu stillen war für mich so, als hinge mir ein kleines Negerlein an der Brust. Ich gab ihr die Flasche, kaum dass ich zu Hause war.

Louis, mein Ehemann, ist Schlafwagenschaffner, und als er von seiner Tour zurückkam, starrte er mich an, als sei ich tatsächlich wahnsinnig geworden, und das Kind musterte er, als käme es vom Planeten Jupiter. Er war keiner, der oft fluchte, und als er sagte: «Gottverdammt! Was zum Teufel soll das sein?», war mir klar, dass wir ein

Problem hatten. Es war der Anfang vom Ende – die Ursache all der Streitereien zwischen ihm und mir. Es machte unsere Ehe kaputt. Wir hatten drei gute Jahre zusammen, aber als Lula Ann geboren wurde, gab er mir die Schuld und behandelte das Kind wie eine Fremde – schlimmer als das, wie einen Feind.

Er rührte sie nie an. Ich konnte ihn nicht überzeugen, dass ich nie und nimmer mit einem anderen Mann rumgemacht hatte. Für ihn stand fest, dass ich log. Wir stritten hin und her, bis ich ihm sagte, diese Schwärze müsse aus seiner Familie kommen – nicht aus meiner. Danach wurde es richtig schlimm, so schlimm, dass er einfach aufstand und ging und ich mir eine neue, billigere Bleibe suchen musste. Ich wusste genug, um das Kind nicht mitzunehmen, wenn ich mich bei Vermietern vorstellte, lieber holte ich mir eine junge Cousine als Babysitterin. Ich schlug mich durch, so gut ich eben konnte, und mit Lula Ann ging ich sowieso nicht oft raus, denn wenn ich sie im Kinderwagen spazieren fuhr, beugten sich Bekannte oder Fremde zu ihr hinunter, weil sie etwas Nettes sagen wollten, und zuckten dann zusammen oder schreckten wieder hoch, ehe sie die Stirn runzelten. Das tat weh. Ich hätte die Babysitterin sein können, aber dazu hätten wir die Hautfarbe tauschen müssen. Es war schwer genug, als Farbige – selbst mit einem hellen Teint – eine Wohnung in einem besseren Stadtviertel zu finden. Damals in den Neunzigern, als Lula Ann zur Welt kam, gab es schon Gesetze, die den Vermietern jede Diskriminierung verboten, aber nur wenige hielten sich daran. Sie fanden Vorwände, um dich fernzuhalten. Aber bei Mr. Leigh hatte ich dann Glück. Obwohl er sieben

Dollar mehr verlangte, als im Inserat stand, und einen Anfall bekommt, wenn man mit der Zahlung auch nur eine Minute zu spät dran ist.

Ich brachte ihr bei, mich nicht «Mutter» oder «Mama» zu rufen, sondern «Sweetness». Das war sicherer. So schwarz, und mit diesen Lippen, die ich viel zu dick finde, hätte sie die Leute nur verwirrt, wenn sie mich «Mama» genannt hätte. Übrigens hat sie auch eine komische Augenfarbe, rabenschwarz mit einem Stich ins Blaue, etwas Hexenhaftes liegt darin.

Für eine ziemlich lange Zeit waren wir dann nur zu zweit, und ich brauche keinem zu erklären, wie schwer man es als sitzengelassene Ehefrau hat. Louis schien nach seinem Abgang doch eine Spur von Gewissensbissen zu haben, denn ein paar Monate später fand er heraus, wo ich hingezogen war, und fing an, mir monatlich Geld zu schicken, obwohl ich ihn nicht dazu aufgefordert und auch nicht versucht hatte, etwas einzuklagen. Seine Fünfzig-Dollar-Anweisungen und meine Nachtschichten im Krankenhaus machten Lula Ann und mich von der Sozialhilfe unabhängig. Was eine gute Sache war. Ich wünschte, sie würden aufhören, von «Sozialhilfe» zu reden und wieder das Wort gebrauchen, das verwendet wurde, als meine Mutter jung war. Damals sprach man von «Stütze». Klingt viel besser, nach einer kleinen Hilfestellung, während man sich wieder fängt. Übrigens sind die Mitarbeiter im Sozialamt so stinkig wie Schweinemist. Als ich endlich eine Arbeit fand und sie nicht mehr brauchte, hab ich mehr Geld gemacht, als die je verdient haben. Ich denke, sie waren so stinkig, weil ihre Gehälter so mickrig waren, nur deshalb haben sie uns wie Bettler behandelt. Und noch schlimmer, wenn sie Lula Ann sahen und dann mich anblickten – als wäre ich eine Betrügerin oder so was. Es wurde besser mit den Jahren, aber ich musste immer aufpassen. Höllisch aufpassen, wie ich sie erzog. Ich musste streng sein, sehr streng. Lula Ann musste lernen, wie man sich benimmt, wie man auf der Hut ist und keinen Ärger macht. Es ist mir egal, wie oft sie ihren Namen ändert. Ihre Farbe ist ein Kreuz, das sie immer zu tragen haben wird. Aber es ist nicht meine Schuld. Ich kann nichts dafür. Ich kann nichts dafür. Ich nicht.

BRIDE

Ich habe Angst. Etwas Schlimmes passiert mit mir. Es kommt mir vor, als würde ich wegschmelzen. Ich kann es nicht erklären, aber ich weiß genau, wann es anfing. Es begann, nachdem er gesagt hatte: «Du bist nicht die Frau, die ich will.»

«Bin ich auch nicht.»

Ich weiß bis heute nicht, warum ich das sagte. Es platzte einfach aus mir heraus. Aber als er meine schnippische Entgegnung hörte, warf er mir einen hasserfüllten Blick zu und fuhr in seine Jeans. Dann packte er seine Stiefel und das T-Shirt, und als ich die Tür zuknallen hörte, fragte ich mich für einen Sekundenbruchteil, ob das nicht nur unserem blöden Streit ein Ende machte, sondern uns, unserer Beziehung. Aber das konnte nicht sein. Jede Minute würde ich den Schlüssel im Schloss hören, das Geräusch der sich öffnenden und wieder schließenden Tür. Doch dann verging die Nacht und ich hörte nichts davon. Ich hörte gar nichts. Was soll das? Ich bin nicht aufregend genug? Nicht hübsch genug? Ich darf keine eigenen Gedanken haben? Nichts tun, was ihm nicht passt? Als ich am Morgen aufwachte, war ich wütend. Und froh, dass er weg war, denn offensichtlich hatte er mich nur benutzt, schließlich hatte ich Geld und einen Schlitz. Ich war so was von geladen, wenn ihr mich gesehen hättet, hättet ihr geglaubt, ich wäre diese ganzen sechs Monate in Untersuchungshaft ohne Anhörung und Anwalt mit ihm zusammengesperrt gewesen, und dann hätte der Richter die ganze Sache abgeblasen – den Fall ad acta gelegt oder sich geweigert, überhaupt einen Verhandlungstermin anzusetzen. Egal, ich habe weder gewinselt noch geweint oder geklagt. Er hat etwas gesagt. Ich habe zugestimmt. Er kann mich mal. Im Übrigen war unsere Affäre nichts Besonderes – auch nicht der halbwegs gewagte Sex, den ich mir genehmigte. Jedenfalls hatte er nichts mit diesen Doppelseiten in Modemagazinen gemein, auf denen Paare halbnackt in der Brandung stehen und wild und rücksichtslos aussehen, ihr Sex wirkt wie ein Blitzschlag, und der Himmel ist verfinstert, damit ihre Haut leuchtet. Ich mag diese Anzeigen. Aber unsere Affäre konnte nicht mal mit einem alten Rhythm-and-Blues-Song mithalten, so einer Melodie mit diesem Pulsschlag, der fiebrig macht. Auch nicht mit den verzuckerten Zeilen eines Blues aus den Dreißigern – «Baby, ach Baby, wie bist du zu mir? Was du willst, ich tu's, wohin du gehst, ich geh mit dir.» Warum ich uns immer wieder mit Hochglanzbildern und Musik verglich, weiß ich nicht, aber es war ein großer Kitzel, mich auf *I Wanna Dance with Somebody* festzulegen.

    Am nächsten Tag regnete es. Kugelhagel gegen Fensterscheiben, gefolgt von kristallinen Tropfenspuren. Ich widerstand der Versuchung, auf den Bürgersteig vor meiner Eigentumswohnung runterzuschauen. Ohnehin wusste ich, was es da zu sehen gab – dreckige Palmen am Straßenrand, Bänke in diesem heruntergekommenen kleinen Park, vereinzelt Fußgänger, wenn überhaupt, und weit hinten ein Streifen Meer. Ich verkniff mir jeden Wunsch, er möge zurückkommen. Sobald die leiseste Sehnsucht nach ihm spürbar wurde, drückte ich sie sofort weg. Gegen Mittag entkorkte ich eine Flasche Pinot grigio und ließ mich aufs Sofa sinken, dessen Samt- und Seidenkissen so tröstlich waren wie nur irgendwessen Arme. Fast, jedenfalls. Denn ich muss zugeben, dass er ein schöner Mann ist, makellos geradezu, wenn man von einer winzigen Narbe an der Oberlippe und einer an der Schulter absieht, die hässlicher ist – ein orangeroter Klecks mit einem Schweif. Aber sonst ist er vom Scheitel bis zur Sohle ein Prachtexemplar von Mann. Ich selbst muss mich auch nicht verstecken, also könnt ihr euch vorstellen, wie wir als Paar gewirkt haben. Nach ein oder zwei Gläsern Wein war ich ein wenig angeschickert und beschloss, meine Freundin Brooklyn anzurufen und ihr alles zu erzählen. Wie er mich mit acht Worten härter getroffen hatte als mit einer Faust: Du bist nicht die Frau, die ich will. Wie mich diese Worte so verwirrt hatten, dass ich ihnen zustimmte – so dumm. Aber dann überlegte ich es mir anders und rief doch nicht an. Ihr kennt das alle. Nichts Neues. Der Typ zieht Leine, und du weißt nicht, warum. Außerdem war im Büro so viel los, dass ich meine beste Freundin und Kollegin nicht mit Klatschgeschichten über ein weiteres Beziehungs-Aus behelligen wollte. Gerade jetzt nicht. Ich bin jetzt Bezirkschefin, und das ist so was wie ein Kapitän, der darauf achten muss, wie er zu seiner Besatzung steht. Unsere Firma, die *Sylvia Inc.*, ist ein kleines Kosmetik-Unternehmen, das endlich in die Gänge kommt, von sich reden zu machen beginnt und seine altbackene Vergangenheit abwirft. Früher, in den Vierzigern, war es die *Sylph – Korsettagen für die Dame von*

Geschmack, dann wurde es unter neuen Eigentümern zur *Sylvia Textilien* und dann zur *Sylvia Inc.*, bis es mit sechs coolen Kosmetikliniken durch die Decke ging. Eine davon ist meine. Ich hab sie *YOU, GIRL* getauft: *Cosmetics for Your Personal Millennium*. Sie richtet sich an Mädchen und Frauen aller Hautschattierungen, von Ebenholz über Limonade bis zu Milch. Und sie ist meins, alles meins – die Idee, die Marke, die Kampagne.

Ich spreizte wohlig die Zehen unter dem Seidenkissen und musste unwillkürlich lächeln, als ich den lächelnden Lippenstiftabdruck auf meinem Weinglas sah. Was sagst du jetzt, Lula Ann?, dachte ich. Hast du je davon zu träumen gewagt, dass du einmal so klasse, so erfolgreich sein würdest? Vielleicht war *sie* die Frau, die er wollte. Aber Lula Ann Bridewell ist nicht mehr zu haben, und sie war nie eine Frau. Lula Ann war mein sechzehnjähriges Ich, das diesen dumpfen Landei-Namen ablegte, als es die Highschool verließ. Zwei Jahre lang war ich Ann Bridewell, bis ich mich um einen Verkaufsjob bei *Sylvia Inc.* bewarb und meinen Namen spontan zu Bride kürzte, einem platzsparenden Einsilber, den sich jeder merken kann. Kunden und Vertreter mögen ihn, aber er hat ihn nie benutzt. Er nannte mich meistens «Baby». «Hey, Baby», «komm schon, Baby». Und manchmal sagte er: «Mein Mädchen», mit der Betonung auf *mein*. Als Frau bezeichnete er mich nur ein einziges Mal, an dem Tag, als er ging.

Je mehr Wein ich intus hatte, desto glücklicher war ich, ihn los zu sein. Kein Zeitvertändeln mehr mit einem Rätselhaften, von dem völlig unklar war, wie er seinen Lebensunterhalt verdiente. Einem ehemaligen Kriminellen, so viel stand fest, auch wenn er nur gelacht hatte, als ich wissen wollte, was er eigentlich so trieb, wenn ich im Büro war. Hing er nur rum? Ging er spazieren? Traf er sich mit irgendwem? Er sagte, seinen samstäglichen Nachmittagsausflügen in die Innenstadt lägen keineswegs Termine bei Bewährungshelfern oder Drogentherapeuten zugrunde. Aber er sagte nie, was dann dahintersteckte. Ich erzählte ihm alles von mir; er erzählte nichts, sodass ich meiner Phantasie freien Lauf ließ und mir TV-Dramen rund um seine Person ausmalte: Er war ein V-Mann mit neuer Identität, ein Anwalt mit Berufsverbot. Was auch immer. In Wahrheit war es mir egal.

Genau besehen, war der Zeitpunkt seines Abgangs für mich ideal. Wenn er aus meinem Leben und aus meiner Wohnung verschwunden war, konnte ich mich besser auf die Markteinführung von YOU, GIRL konzentrieren und, ebenso wichtig, einen Schwur einlösen, den ich schon lange, ehe ich ihn kennenlernte, vor mir selbst abgelegt hatte – genau deswegen hatten wir uns gestritten in dieser Nacht, in der er «Du bist nicht die Frau...» sagte. Von *www.justizvollzug.org/entlassung-auf-bewährung/kalender* wusste ich, dass die Zeit gekommen war. Ich hatte diese Reise seit einem Jahr geplant und sorgsam ausgewählt, was eine frisch Entlassene brauchen würde. Fünftausend Dollar in bar hatte ich im Lauf der Jahre zur Seite gelegt, einen Geschenkgutschein für Tickets von Continental Airlines im Wert von dreitausend Dollar hatte ich gekauft. Ich steckte eine Promo-Box von YOU, GIRL in eine brandneue Louis-Vuitton-Shoppingtasche – all das zusammen würde sie weit bringen. Oder sie zumindest beruhigen, ihr das Vergessen erleichtern, dem

Unglück, der Hoffnungslosigkeit, der Langeweile das Ätzende nehmen. Na gut, die Langeweile konnte man vergessen, ein Gefängnis ist kein Kloster. Er begriff nicht, warum mir diese Reise so wichtig war, und in der Nacht, in der wir uns wegen meines Schwurs stritten, lief er weg. Wahrscheinlich fühlte sein kostbares Ego sich entwertet, weil ich eine gute Tat tun wollte, aber nicht für ihn. Dieser selbstsüchtige Bastard. Ich zahlte die Miete, nicht er, und das Dienstmädchen bezahlte ich auch. Wenn wir in Clubs oder zu Konzerten gingen, fuhren wir in meinem schönen Jaguar oder in Leihwagen, die ich mietete. Ich kaufte ihm schicke Hemden – die er allerdings nie trug – und erledigte alle Einkäufe. Und überhaupt – ein Schwur ist ein Schwur, erst recht, wenn man ihn vor sich selbst ablegt.

Als ich mich für die Fahrt umzog, bemerkte ich zum ersten Mal etwas Seltsames. Mein Schamhaar war bis aufs letzte Härchen verschwunden. Nicht entfernt, wie durch Rasur oder Waxing, sondern verschwunden, wie ausradiert, so als wäre es nie da gewesen. Beunruhigt fuhr ich mir mit den Fingern durch mein Kopfhaar, um zu sehen, ob es mir ausfiel, aber es war so dicht und glatt wie eh und je. Eine Allergie? Vielleicht eine Hautkrankheit? Es war unheimlich, aber für den Augenblick blieb mir nichts anderes übrig, als mir Sorgen zu machen und einen Besuch bei einem Dermatologen zu planen. Ich musste los, wenn ich nicht zu spät kommen wollte.

Andere mögen die Landschaft beiderseits des Highways hübsch finden, aber sie ist so voll von Nebenstraßen, Ausfahrten, Parallelspuren, Überführungen, Warnzeichen und Verkehrsschildern, dass man sich beim Fahren fühlt, als müsse man gleichzeitig Zeitung lesen. Eine Qual. Neben gelben Gefahrenzeichen blitzten silberne und goldene auf. Ich blieb in der rechten Spur und bremste ab, weil ich von früheren Fahrten auf dieser Ausfallstraße wusste, dass die Ausfahrt Norristown leicht zu übersehen war und im Umkreis von einer Meile kein Schild auf die Existenz eines Gefängnisses in dieser Gegend hinwies. Wahrscheinlich wollen sie vor den Touristen verheimlichen, dass ein Teil der renaturierten Wüste, für die Kalifornien berühmt ist, bösen Frauen als Heimstatt dient. Das *Decagon Women's Correctional Center*, am Ortsrand von Norristown gelegen, wird von einer Privatfirma betrieben und genießt bei den Ortsansässigen kultische Verehrung, weil es Arbeitsplätze schafft – beim Besucherservice, beim Wachpersonal, den Seelsorgern, in der Cafeteria, beim medizinischen Dienst und vor allem bei den Bauarbeitern, die Straße und Zäune in Ordnung halten und Flügel um Flügel an den Komplex anbauen, um der steigenden Flut gewalttätiger Sünderinnen Herr zu werden, die blutiger Frauenkriminalität nachgehen. Zum Glück für den Staat zahlt sich Verbrechen aus.

Die paar Mal, die ich bisher zu Decagon gefahren war, hatte ich nie versucht, unter irgendeinem Vorwand ins Innere zu gelangen. Ich hatte immer nur sehen wollen, wo das Ladymonster – so war sie genannt worden – für fünfzehn der ihm aufgebrummten mindestens fünfundzwanzig Jahre hinter Gittern saß. Diesmal war es anders. Sie ist vorzeitig entlassen worden, auf Bewährung, und wenn die Angaben der Justizverwaltung stimmen, wird Sofia Huxley heute durch die Gittertore schreiten, hinter die ich sie verbannt habe.

Weil es den Betreibern von Decagon vor allem ums Geld geht, könnte man meinen, dass ein Jaguar dort nicht weiter auffällt. Aber hinter den Bussen am Straßenrand, den alten Toyotas und gebrauchten Pick-ups wirkte mein Wagen, so schnittig und rattengrau und mit diesem schicken Wunschkennzeichen, wie eine Waffe. Und doch war er weniger unheimlich als die weißen Limousinen, die ich dort geparkt gesehen habe – die Motoren leise blubbernd, die Chauffeure an blitzende Chromteile gelehnt. Im Ernst, wer braucht einen Chauffeur, der herspringt, dir die Tür aufhält und dich schnellstmöglich wegbringt? Eine Luxus-Puffmadam vielleicht, die es nicht erwarten kann, wieder zu den Designerlaken in ihrem geschmackvollen VIP-Bordell zurückzukommen. Oder vielleicht eine junge Nutte, die schleunigst wieder im Salon irgendeines plüschigen, runtergekommenen Privatclubs sitzen will, um im Kreis guter Freunde mit dem Zerfetzen der Gefängnis-Unterwäsche ihre Freilassung zu feiern. Das Sortiment von *Sylvia Inc.* wäre nichts für sie. Unsere Produkte sind zwar sexy genug, aber nicht teuer genug. Wie all die kleinen Lichter im Sexgeschäft glaubt die junge Nutte, dass teurer gleich besser ist. Wenn sie nur wüsste. Aber glitzernden Lidschatten oder Lipgloss mit Goldglitter von YOU, GIRL könnte sie trotzdem kaufen.

Heute stehen keine Limousinen herum, wenn man den großen Lincoln mit Trennscheibe nicht rechnet. Der Rest sind runtergewirtschaftete Toyotas und alte Chevys, dazwischen schweigende Erwachsene und unruhige Kinder. Der alte Mann an der Bushaltestelle kramt in einer Schachtel Cheerios herum, auf der Suche nach dem letzten süßen Kringel Haferkleie. Er trägt altmodische

Schuhe mit Flügelkappe und nagelneue Jeans. Seine Basecap, seine braune Weste über einem weißen Hemd schreien ihre Herkunft aus der Kleiderspende der Heilsarmee heraus, aber sein Verhalten ist formvollendet, geziert geradezu. Er hat die Beine übereinandergeschlagen und inspiziert jede trockene Getreideflocke, als handle es sich um eine erlesene Weinbeere, eigens für ihn von den Gärtnern bei Hofe gepflückt.

Vier Uhr nachmittags, es wird jetzt nicht mehr lange dauern. Huxley, Sofia, alias 0071 140, wird nicht während der Besuchszeiten entlassen werden. Um Punkt halb fünf steht nur noch der Lincoln da, wahrscheinlich der Wagen eines Anwalts mit einer Krokodilstasche voller Papiere, Geldscheine und Zigaretten. Die Zigaretten für seinen Mandanten, das Geld für die Zeugen und die Papiere, damit es nach Arbeit aussieht.

«Geht's dir gut, Lula Ann?» Die Stimme der Staatsanwältin hatte behutsam geklungen, ermutigend, aber ich konnte sie kaum verstehen. «Du brauchst keine Angst zu haben. Sie kann dir nichts tun.»

Nein, kann sie nicht, und verdammt, da kommt sie. Nummer 0071 140. Selbst nach fünfzehn Jahren könnte ich sie nie mit jemand anderem verwechseln, schon wegen ihrer Größe, über eins achtzig. Nichts hat sie schrumpfen können, die Riesin aus meiner Erinnerung, die größer war als der Gerichtsdiener, als der Richter, als die Anwälte und fast so groß wie die Polizisten. Nur ihr Ehemann und Mitmonstrum kam ihr an Körpergröße gleich. Niemand bezweifelte, dass sie das schreckliche Scheusal war, das die zornbebenden Eltern in ihr sahen. «Man braucht ihr nur in die Augen zu schauen», flüsterten sie. Überall im Gerichtsgebäude, auf der Damentoilette, auf den Bänken im Flur flüsterten sie: «Eine eiskalte Schlange ist das.» – «Mit zwanzig? Wie kann eine Zwanzigjährige so was mit Kindern machen?» – «Na hör mal! Du brauchst ihr nur in die Augen zu schauen. Ein Blick, alt wie das Unheil.» – «Mein kleiner Junge kommt da nie drüber weg.» – «Eine Teufelin.» – «Ein Miststück.»

Jetzt erinnern die Augen mehr an ein Kaninchen als an eine Schlange, aber die Körpergröße ist noch die gleiche. Sonst hat sich vieles verändert. Sie ist dürr wie eine Bohnenstange, Slip in XS, Körbchengröße A, falls sie überhaupt einen BH trägt. Ein wenig GlamGlo könnte sie auch vertragen, Anti-Falten-Creme, und ihr käsiger Teint würde von Juicy Bronze profitieren.

Als ich aus dem Jaguar steige, denke ich keine Sekunde daran, ob sie mich erkennen wird. Ich gehe einfach auf sie zu und frage: «Kann ich Sie mitnehmen?»

Sie wirft mir einen kurzen, gleichgültigen Blick zu, dann starrt sie die Straße hinunter. «Danke, kein Bedarf.»

Ihre Lippen beben. Einst waren sie schmal, scharfe Rasierklingen, die ein Kind zerfetzen konnten. Ein wenig Botox und der Tango-Stift ohne Glitzer hätten ihre Mundpartie weicher gemacht und das Gericht vielleicht zu ihren Gunsten beeinflusst. Nur, dass es damals noch kein YOU, GIRL gab.

«Werden Sie abgeholt?» Ich lächle.

«Taxi», erwidert sie.

Zum Lachen. Sie steht einer Fremden Rede und Antwort, pflichtschuldig, als wäre sie's gewohnt. Kein «Was geht Sie das an?» oder gar «Wer zum Teufel sind Sie überhaupt?», stattdessen eine weitere Erklärung: «Ich hab schon eins bestellt. Das heißt, die an der Pforte haben's bestellt.»

Als ich näher zu ihr trete und die Hand ausstrecke, um sie am Arm zu fassen, fährt das Taxi vor, und sie packt blitzschnell wie ein Geschoss den Türgriff, schmeißt ihre kleine Packtasche rein und knallt die Tür zu. Ich hämmere gegen die Scheibe, rufe «Moment! Warten Sie!» Zu spät. Das Taxi wendet im Stil eines Rallyefahrers.

Ich hetze zu meinem Wagen. Ihnen zu folgen ist kein Problem. Ich überhole das Taxi sogar, damit sie nicht merkt, dass ich sie verfolge. Das erweist sich als Fehler. Ich wechsle gerade auf die Abbiegespur, als das Taxi in Richtung Norristown an mir vorbeischießt. Kies knirscht unter meinen Rädern, als ich bremse, zurückstoße und die Verfolgung wiederaufnehme. Die Straße nach Norristown wird von einförmigen, ordentlichen Häusern gesäumt, die in den Fünfzigern errichtet und seitdem immer wieder erweitert wurden – ein Wintergarten an der Seite, ein zweiter Stellplatz für die Garage, eine Terrasse zum Hof. Die Straße sieht aus wie eine Kindergartenzeichnung von hellblauen, weißen oder gelben Häusern mit grasgrünen oder knallroten Türen, die schmuck auf weiten Rasenflächen stehen. Es fehlt nur noch eine Pfannkuchensonne mit einem breiten Strahlenkranz rundherum. Jenseits der Häuser, bei einem Einkaufszentrum, das so bleich und traurig wirkt wie «leichtes» Bier, kündigt das Ortsschild den Beginn der Stadt an. Gleich daneben steht ein größeres Schild, das auf Eva Deans Motel und Restaurant verweist. Das Taxi biegt ein und hält vor dem Eingang. Sie steigt aus und bezahlt den Fahrer. Ich rolle hin und parke ein Stück abseits, beim Restaurant. Auf dem Parkplatz steht nur noch ein weiterer Wagen – ein schwarzer SUV. Ich bin sicher, dass sie sich mit jemandem trifft, aber nach wenigen Minuten am Empfang geht sie geradewegs ins Restaurant und setzt sich an einen Tisch am Fenster. Ich kann sie gut sehen und beobachte, dass sie die Speisekarte studiert wie eine Sonderschülerin oder jemand, der gerade Englisch als Fremdsprache lernt – mit stummen Lippenbewegungen und einem Finger, der von Wort zu Wort wandert. Welch ein Wandel. Das ist die Lehrerin, die Kindergartenkinder Apfelringe schneiden ließ für den Buchstaben *O*, die Brezeln formte für ein *B*, die aus Wassermelonenscheiben ein *Y* herausschnitt. All das, um *Boy* zu buchstabieren – das Wort, das ihr, wie die Frauen vor den Spiegeln in der Damentoilette einander zuflüsterten, am allermeisten bedeutete. Obst als Köder spielte in den Zeugenaussagen vor Gericht eine wichtige Rolle.

Schaut euch an, wie sie isst. Die Kellnerin stellt einen Teller nach dem anderen vor sie hin. Verständlich, mehr oder weniger, diese erste Mahlzeit nach dem Knast. Sie schlingt in sich rein wie eine Gehetzte, wie eine, die seit Wochen ohne Nahrung oder Wasser übers Meer getrieben ist und sich gerade fragt, ob es ihrem sterbenden Leidensgenossen noch was ausmacht, wenn sie sich an seinem Fleisch sättigt, solange es noch da ist. Keine Sekunde wendet sie ihren Blick vom Essen, sticht oder schneidet in ein Gericht, löffelt von einem anderen, alles durcheinander. Sie trinkt keinen Schluck, streicht keine Butter aufs Brot, erlaubt sich nichts, was ihr rasendes Schlingen verzögern könnte. In zehn oder zwölf Minuten ist alles vorbei. Dann zahlt sie, steht auf und eilt den Gehweg hinunter. Was jetzt? Den Zimmerschlüssel in der Hand und ihre Tasche über der Schulter, bleibt sie abrupt stehen und biegt in einen Durchlass zwischen zwei Wandsegmenten ein. Ich springe aus meinem Wagen und folge ihr, fast rennend, bis ich würgende Kotzgeräusche höre. Also verberge ich mich hinter dem SUV, bis sie wieder zum Vorschein kommt.

3A steht auf der Zimmertür, die sie aufsperrt. Ich bin bereit. Ich achte darauf, dass mein Klopfen dringend klingt, keinen Widerspruch duldend, aber nicht bedrohlich.

«Ja?» Ihre Stimme zittert im demütigen Tonfall jener, die darauf dressiert sind, zu gehorchen.

«Mrs. Huxley. Bitte öffnen Sie.»

Schweigen, dann: «Ich, ähm ... Mir ist schlecht.»

«Ich weiß», sage ich mit einem strafenden Unterton, damit sie glaubt, es ginge um die Kotze, die sie hinterlassen hat. «Machen Sie auf!»

Sie öffnet und steht barfuß da, ein Handtuch in der Hand. Sie wischt sich den Mund ab. «Ja?»

«Wir müssen uns unterhalten.»

«Unterhalten?» Ihre Augenlider flattern, aber die angemessene Frage – «Wer sind Sie überhaupt?» – stellt sie nicht.

Ich schiebe mich an ihr vorbei, schlenkere die Louis-Vuitton-Tasche voraus. «Sie sind Sofia Huxley, richtig?»

Sie nickt, ein winziges Aufblitzen von Angst in den Augen. Ich bin schwarz wie die Mitternacht und ganz in Weiß gekleidet, was ihr vielleicht wie eine Uniform vorkommt, sodass sie mich für irgendeine Amtsperson hält. Ich will sie beruhigen und halte die Shoppingtasche hoch und sage: «Schon gut. Setzen wir uns. Ich hab hier etwas für Sie.» Sie blickt weder auf die Tasche noch mir ins Gesicht. Sie starrt auf meine Schuhe mit den mörderischen High Heels und den gefährlich zugespitzten Kappen.

«Was soll ich tun?», fragt sie.

So eine kleine, besänftigende Stimme, die nach fünfzehn Jahren hinter Gittern weiß, dass es nichts umsonst gibt. Niemand gibt etwas, ohne eine Gegenleistung zu erwarten. Was es auch sei – Zigaretten, Zeitschriften, Tampons, Briefmarken, Marsriegel oder eine Dose Erdnussbutter –, jede Gabe hängt an Fäden, die zäh sind wie Angelschnüre.

«Nichts. Sie brauchen gar nichts zu tun.»

Jetzt wandert ihr Blick von meinem Schuhen zu meinem Gesicht, ein undurchdringlicher Blick, der nichts wissen will. Also beantworte ich die Frage, die ein normaler Mensch gestellt hätte. «Ich hab gesehen, wie Sie aus Decagon rausgekommen sind. Niemand hat Sie abgeholt. Ich hab Ihnen angeboten, Sie mitzunehmen.»

«Sie waren das?» Sie runzelt die Stirn.

«Ja. Ich.»

«Kennen wir uns?»

«Ich heiße Bride.»

Sie kneift die Augen zusammen. «Soll da etwas klingeln bei mir?»

«Nein», sage ich und lächle. «Sehen Sie, was ich Ihnen mitgebracht habe.» Ich kann nicht widerstehen, stelle meine Tasche auf das Bett und hole die Musterpackung von YOU, GIRL heraus. Obenauf lege ich die zwei Umschläge – den schmalen mit dem Geschenkgutschein der Fluglinie und dann den fetten mit den fünftausend Dollars. Etwa zweihundert für jedes Jahr, wenn sie ihre Strafe vollständig abgesessen hätte.

Sofia starrt die Präsentation an, als wären die Gaben vergiftet. «Wofür soll das sein?»

Ich frage mich, ob die Haft ihrem Gehirn zugesetzt hat. «Es ist in Ordnung», sage ich. «Nur ein paar Dinge, die Ihnen helfen können.»

«Helfen wobei?»

«Beim Neuanfang. Bei Ihrem neuen Leben.»

«Meinem Leben?» Irgendetwas stimmt nicht. Sie klingt, als müsse man ihr das Wort erklären.

«Genau!» Noch immer lächle ich. «Ihr neues Leben.»

«Warum? Wer hat Sie geschickt?» Ihr Blick ist jetzt interessiert, nicht furchtsam.

«Sie werden sich nicht mehr an mich erinnern.» Ich zucke die Achseln. «Warum sollten Sie auch? Lula Ann. Lula Ann Bridewell. Beim Prozess? Ich war eines der Kinder, die –»

Mit der Zunge taste ich durch das Blut. Meine Zähne sind alle noch da, aber ich scheine nicht aufstehen zu können. Ich spüre, dass mein linkes Augenlid herunterhängt, und mein rechter Arm ist wie tot. Die Tür geht auf, und all die Geschenke, die ich mitgebracht habe, fliegen mir um die Ohren, eins nach dem anderen, auch die Vuitton-Tasche. Die Tür knallt zu, dann geht sie noch mal auf. Mein schwarzer High-Heel-Schuh landet auf meinem Rücken, dann rutscht er runter neben meinen linken Arm. Ich greife danach und stelle erleichtert fest, dass sich dieser Arm, im Gegensatz zum rechten, bewegen lässt. Ich versuche, «Hilfe!» zu rufen, aber mein Mund gehört jemand anderem. Ich krieche eine kurze Strecke und versuche aufzustehen. Meine Beine funktionieren, und so sammle ich die Geschenke auf, stopfe sie in die Tasche und humple, einen Schuh am Fuß, den anderen zurücklassend, zu meinem Wagen. Ich fühle nichts. Ich denke nichts. Nicht, bis ich im Außenspiegel mein Gesicht sehe. Mein Mund sieht aus, als wäre er vollgestopft mit roher Leber; eine ganze Seite des Gesichts ist aufgekratzt; mein rechtes Auge ist ein Veilchen. Ich will nur noch weg hier – kein Notruf, das dauert zu lange, und ich will nicht, dass mich irgendein ahnungsloser Motelmanager anstarrt. Polizei. Irgendwo in diesem Ort muss es Polizei geben. Den Anlasser, den Wählhebel, das Lenkrad nur mit der linken Hand zu bedienen – die rechte liegt kraftlos auf meinem Oberschenkel – erfordert Konzentration. Volle Konzentration. Deshalb bin ich mitten in Norristown und sehe schon das Schild mit dem Pfeil, der zur Polizei weist, als mir schlagartig klarwird: Die Polizisten werden ein Protokoll anlegen, sie werden die Beschuldigte anhören, sie werden zu Beweiszwecken ein Foto meines verwüsteten Gesichts machen. Und wenn die Lokalzeitung Wind von der Sache und das Foto in die Hand bekommt? Die Peinlichkeit wäre gar nichts, verglichen mit der Häme, mit der über YOU, GIRL gewitzelt würde. Von YOU, GIRL zu BUH, GIRL.

Hämmernder Schmerz macht es mühsam, mein Handy herauszuziehen und Brooklyn anzurufen, den einen Menschen, dem ich vertrauen kann.

BROOKLYN

Sie lügt. Wir sitzen in einem Loch von Krankenhaus, nachdem ich über zwei Stunden gefahren bin, bis ich dieses Kaff gefunden hatte. Dann musste ich ihren Wagen suchen, der im Hinterhof einer geschlossenen Polizeiwache stand. Klar, dass die Wache zu war, wir haben Sonntag, da sind nur die Kirchen und der Wal-Mart offen. Sie war hysterisch, als ich sie fand, blutverschmiert und aus einem Auge weinend, das andere zu geschwollen, um Tränen zu vergießen. Armes Ding. Irgendjemand hat eines dieser Augen ruiniert, deren Fremdheit alle in ihren Bann gezogen hat – groß, schräg, mit einem leichten Schlupflid und einer seltsamen Farbe, wenn man bedenkt, wie schwarz ihre Haut ist. Außerirdische Augen, so hab ich sie genannt, aber die Kerle finden sie natürlich einfach scharf.

Nun gut, als ich diese kleine Notfallambulanz vis-à-vis vom Parkplatz des Einkaufszentrums endlich entdeckt habe, muss ich sie beim Gehen stützen. Sie humpelt, hat nur einen Schuh an. Endlich nimmt sich eine Schwester mit Glupschaugen unserer an. Sie ist baff, was für ein Paar ihr da hereinschneit: eine junge Weiße mit blonden Rastazöpfen und eine Tiefschwarze mit seidigen Locken. Es dauert eine Ewigkeit, bis Formulare unterschrieben und die Versicherungskarten registriert sind. Dann setzen wir uns hin und warten auf den Arzt vom Bereitschaftsdienst, der, keine Ahnung, in irgendeinem weit entfernten Nest wohnt. Bride sagt kein Wort, während ich sie fahre, aber im Wartezimmer legt sie los mit der Lügenstory.

«Ich bin ruiniert», flüstert sie.

«Nein», sage ich, «bist du nicht. Gib dir Zeit. Erinnerst du dich, wie das Gesicht von Grace nach dem Lifting aussah?»

«Bei ihr war ein Chirurg am Werk. Bei mir nicht.»

Ich drücke sie. «Also erzähl schon. Was ist passiert, Bride? Wer war er?»

«Wer war wer?» Sie fasst sich vorsichtig an die Nase, atmet aber durch den Mund.

«Der Kerl, der dich halb totgeschlagen hat.»

Sie hustet ziemlich lange, und ich reiche ihr ein Taschentuch. «Hab ich gesagt, dass es ein Kerl war? Nicht dass ich wüsste.»

«Willst du behaupten, dass eine Frau das gemacht hat?»

«Nein», sagt sie. «Nein, es war ein Kerl.»

«Wollte er dich vergewaltigen?»

«Nehm ich an. Wahrscheinlich wurde er gestört. Er hat mich zusammengeschlagen, und schon war er weg.»

Alles klar? Nicht einmal eine gute Lüge. Ich bohre weiter. «Er hat dir nichts genommen, Handtasche, Börse, sonst was?»

«Wahrscheinlich ein Pfadfinder», murmelt sie. Ihre Lippen sind geschwollen, und die Zunge hat Probleme mit den Konsonanten, aber sie versucht, über ihren schalen Witz zu lächeln.

«Wer auch immer ihn gestört hat, warum ist dir der nicht zu Hilfe gekommen?»

«Ich weiß es nicht. Ich – weiß – es – nicht!»

Sie schreit und markiert ein Schluchzen, also lenke ich ein. Das eine Auge, das sie offen hat, ist überfordert, und ihr Mund schmerzt wohl zu sehr, um weiterzureden. Fünf Minuten lang sage ich kein Wort, blättere nur durch die Seiten von *Reader's Digest*; dann versuche ich, meine Stimme so normal und beiläufig wie möglich klingen zu lassen. Ich beschließe, sie nicht zu fragen, warum sie mich angerufen hat und nicht ihren Liebhaber.

«Was hat dich überhaupt hier rauf in diese Gegend geführt?»

«Ich wollte jemanden besuchen. Eine alte Bekanntschaft.» Sie krümmt sich nach vorne, als hätte sie Bauchschmerzen.

«In Norristown? Du kennst hier jemanden?»

«Nein, in der Nähe.»

«Hast du ihn getroffen?»

«Sie. Nein, ich hab sie nicht gefunden.»

«Wer ist sie?»

«Jemand von ganz früher. Nicht aufzufinden. Wahrscheinlich schon tot.»

Sie weiß, dass ich weiß, dass sie lügt. Warum sollte einer, der sie überfällt, nicht ihr Geld nehmen? Irgendeine Schraube ist lockergerüttelt worden bei ihr, sonst würde sie mir keine so bescheuerten Lügen auftischen. Wahrscheinlich ist ihr einfach egal, was ich denke. Als ich ihren kleinen weißen Rock und das Oberteil in die Einkaufstasche gestopft habe, ist mir ein Bündel Hundert-Dollar-Scheine in die Hände gefallen, fünfzig Stück mit einem Gummiband rundrum, außerdem ein Geschenkgutschein einer Fluggesellschaft und Musterpackungen von YOU, GIRL, die noch gar nicht im Handel sind. Capito? Kein Möchtegern-Vergewaltiger braucht Make-up mit Glanzschimmer, aber ein Packen Bargeld für lau? Ich bohre nicht weiter und warte lieber ab, bis sie verarztet ist. Danach, als Bride sich meinen Taschenspiegel vors Gesicht hält, ist mir klar, dass ihr das, was sie sieht, das Herz brechen wird. Ein Viertel ihres Gesichts ist in Ordnung; der Rest ist eine Kraterlandschaft. Hässliche schwarze Nähte, ein zugeschwollenes Auge, ein Verband um die Stirn, die Lippen hart wie ausgestopft, sodass sie ein Wort wie *roh* nicht mehr formen können – und genau so sieht ihre Haut aus, überall gerötet oder blutunterlaufen. Am schlimmsten ist ihre Nase – aufgespreizt wie bei einem Orang-Utan unter einem Mullverband von halber Bagelgröße. Das schöne, unverletzte Auge scheint sich zu ducken, blutig gerändert, so gut wie tot.

Den Gedanken sollte ich mir verbieten. Aber es könnte sein, dass sie ihre Position bei *Sylvia Inc.* in den Wind schreiben muss. Wie soll sie Frauen von Schönheitsprodukten überzeugen, die ihr selbst nicht helfen können? Auf der ganzen Welt gibt es nicht genug Grundierung von YOU, GIRL, um vernarbte Augen, eine gebrochene Nase und ein bis auf die rosige Unterhaut zerkratztes Gesicht zu verbergen. Selbst wenn viel davon verheilt, wird sie nicht ohne plastische Chirurgie davonkommen, was Wochen und Wochen erzwungener Zurückgezogenheit bedeutet, versteckt hinter Sonnenbrillen und Schlapphüten. Vielleicht bittet man mich zu übernehmen. Nur vorübergehend, natürlich.

«Ich kann nicht essen. Ich kann nicht reden. Ich kann nicht denken.»

Ihre Stimme klingt wimmernd, und sie zittert.

Ich lege den Arm um sie und flüstere: «Hey, Schätzchen, nicht die Mitleidstour. Machen wir, dass wir aus diesem Loch rauskommen. Es gibt nicht mal anständige Toiletten hier, und die Krankenschwester hatte Salat zwischen den Zähnen. Wahrscheinlich hat sie sich zum letzten Mal die Hände gewaschen, als sie von diesem Online-Pflegekurs, den sie belegt hat, ihr Diplom bekam.»

Bride hört auf zu schlottern, rückt die Schlinge zurecht, in der ihr rechter Arm steckt, und fragt: «Du glaubst nicht, dass der Doktor seine Sache gut gemacht hat?»

«Weiß man's?», sage ich. «In diesem Obdachlosenasyl von einer Klinik? Ich fahr dich in ein richtiges Krankenhaus – mit Waschbecken und Toilette im Zimmer.»

«Muss ich nicht erst entlassen werden?» Sie redet wie eine Zehnjährige.

«Also bitte. Wir gehen jetzt. Sofort. Schau, was ich gekauft habe, während du zusammengeflickt wurdest. Eine Trainingshose und Flipflops. Es gibt hier kein anständiges Krankenhaus, aber einen ganz beachtlichen Wal-Mart. Los jetzt. Hoch. Stütz dich auf mich. Wo hat Florence Nightingale deine Sachen hingelegt? Unterwegs besorgen wir uns ein Eis zum Schlecken oder ein Smoothie. Oder einen Milchshake. Der ist wahrscheinlich die bessere Medizin. Oder einen Tomatensaft, vielleicht etwas Hühnerbrühe.»

Ich laufe herum, raffe Pillen und Klamotten zusammen, während sie diesen grässlichen, blümchengemusterten Bademantel umklammert, den sie vom Krankenhaus bekommen hat. «Ach, Bride», sage ich, aber meine

Stimme klingt rau. «Schau doch nicht so. Es wird alles wieder gut.»

Ich muss langsam fahren; bei jeder Erschütterung, jedem plötzlichen Spurwechsel wimmert oder stöhnt sie. Ich versuche, sie von den Schmerzen abzulenken.

«Ich wusste gar nicht, dass du dreiundzwanzig bist. Ich dachte, du bist so alt wie ich, einundzwanzig. Ich hab's auf deinem Führerschein gesehen, als ich nach deiner Versicherungskarte gesucht hab.»

Sie reagiert nicht, aber ich versuche weiter, ihr ein Lächeln zu entlocken. «Dein gutes Auge sieht aber aus wie zwanzig.»

Es bringt nichts. Zum Teufel auch. Genauso gut könnte ich Selbstgespräche führen. Ich beschließe, sie nur noch nach Hause zu bringen und dort zu installieren. Im Büro werde ich mich um alles kümmern. Bride wird lange im Krankenstand sein, irgendjemand muss ihre Aufgaben übernehmen. Und wer weiß, was daraus wird?

BRIDE

Sie war wirklich ein Ungeheuer. Sofia Huxley. Diese blitzartige Verwandlung vom geduckten Ex-Knacki zum rasenden Alligator. Vom hängenden Mundwinkel zum Reißzahn. Vom Schlaffi zum Hammer. Nichts hat mich gewarnt – kein Blinzeln, keine Straffung am Hals, kein Heben der Schultern, kein Zähnezeigen. Nichts hat ihren Angriff angekündigt. Ich werde ihn nie vergessen, und selbst, wenn ich es versuchte, würden die Narben, von der Scham ganz zu schweigen, es verhindern.

Erinnerungen sind das Übelste bei der Genesung. Ich liege den ganzen Tag herum und habe nichts Dringendes zu tun. Brooklyn hat es übernommen, in der Firma alles zu erklären: versuchte Vergewaltigung, gestört, blabla. Sie ist eine echte Freundin und wird mir nicht lästig wie all die falschen, die nur kommen, um zu gaffen und mich zu bemitleiden. Das Fernsehprogramm kann ich nicht ertragen, so langweilig ist es – fast nur Blut, Lippenstift und die Beine von Moderatorinnen. Was als Nachricht verkauft wird, ist entweder Klatsch oder eine Lügenverlesung. Wie soll ich einen Krimi ernst nehmen, in dem die Detektivin den Killer in hochhackigen Louboutins verfolgt? Was das Lesen angeht, so macht es mich schläfrig, und aus irgendeinem Grund will ich auch keine Musik mehr hören. Gesang, egal ob gut oder schlecht, deprimiert mich, und Instrumentalstücke sind noch schlimmer. Und mit meiner Zunge muss auch etwas passiert sein, denn meine Geschmacksknospen sind hinüber. Alles schmeckt wie Zitrone – außer Zitronen, die schmecken nach Salz. Wein ist verschwendet, Vicodin hüllt mich in einen dichteren und angenehmeren Nebel.

Das Miststück hat mich nicht mal ausreden lassen. Ich war nicht die einzige Zeugin, nicht die Einzige, die aus Sofia Huxley die Nummer 0071140 gemacht hat. Massig gab's Aussagen über ihre Misshandlungen. Mindestens vier andere Kinder traten als Zeugen auf. Ich durfte nicht hören, was sie sagten, aber als sie aus dem Gerichtssaal kamen, haben sie gezittert und geweint. Die Sozialarbeiterin und die Psychologin, die uns vorbereitet hatten, nahmen sie in die Arme und flüsterten: «Prima gemacht. Bald geht's dir wieder gut.» Mich umarmte niemand, aber sie lächelten mir zu. Offensichtlich hat Sofia Huxley keine Angehörigen. Gut, sie hat einen Ehemann, der in einem anderen Gefängnis sitzt, nach sieben Anträgen noch immer nicht auf Bewährung draußen. Aber niemand war da, um sie abzuholen. Kein Mensch. Warum nimmt sie dann keine Hilfe an, wo sie doch nichts zu erwarten hat als einen Job als Putzfrau oder Supermarktkassiererin? Haftentlassene mit Geld enden nicht als Klofrauen bei Wendy's.

Ich war erst acht Jahre alt, noch die kleine Lula Ann, als ich meinen Arm hob und mit dem Finger auf sie deutete.

«Ist die Frau, die du gesehen hast, hier in diesem Raum?» Die Rechtsanwältin riecht nach Tabak.

Ich nicke.

«Du musst etwas sagen, Lula. Sag ‹ja› oder ‹nein›.»

«Ja.»

«Kannst du uns zeigen, wo sie sitzt?»

Ich habe Angst, den Pappbecher mit Wasser umzuschmeißen, den mir die Anwältin gegeben hat.

«Ganz ruhig», sagt die Vertreterin der Anklage. «Lass dir Zeit.»

Und ich ließ mir Zeit. Meine Hand blieb zu einer Faust geballt, bis der Arm ausgestreckt war. Dann schnellte mein Zeigefinger heraus, *paff!* Wie der Knall einer Spielzeugpistole. Mrs. Huxley starrte mich an und öffnete den Mund, als wolle sie etwas sagen. Sie sah schockiert aus, fassungslos. Aber mein Finger deutete weiter auf sie, deutete so lange, dass die Staatsanwältin nach meiner Hand fassen und «danke, Lula» sagen musste, damit ich ihn sinken ließ. Ich schielte zu Sweetness. Sie lächelte, wie ich sie nie zuvor lächeln gesehen hatte – mit dem Mund und den Augen. Und das war noch nicht alles. Draußen vor dem Gerichtssaal lächelten mir alle Mütter zu, und zwei berührten und umarmten mich sogar. Die Väter zeigten mir erhobene Daumen. Aber das Beste war Sweetness. Als wir die Treppe im Gericht hinuntergingen, hielt sie meine Hand, hielt wirklich meine Hand. Das hatte sie noch nie getan, und es gefiel mir nicht nur, sondern es machte mich ganz baff, weil ich doch wusste, dass sie mich nicht gern berührte. Ich spürte das. Voller Abscheu war ihr Gesicht, wenn sie mich baden musste, als ich noch klein war. Eigentlich spülte sie mich nur ab, nach einem halbherzigen Rubbeln mit einem eingeseiften Lappen. Ich betete, dass sie mir eine Ohrfeige geben oder mich schlagen würde, nur damit ich ihre

Berührung spüren könnte. Ich machte absichtlich kleine Fehler, aber sie fand Wege, mich zu bestrafen, ohne dabei die Haut zu berühren, die sie hasste: ins Bett ohne Abendbrot, Einsperren im Zimmer. Am schlimmsten aber war es, wenn sie mich anschrie. Wo die Angst regiert, ist Gehorsam die einzige Wahl, um zu überleben. Und ich war gut darin. Ich war brav und brav und immer nur brav. Voller Angst vor meiner Aussage bei Gericht machte ich genau das, was die Lehrer-Psychologen von mir erwarteten. Und ich machte es glänzend, das weiß ich, weil Sweetness nach der Verhandlung fast wie eine Mutter war.

Ich frage mich, ob ich vielleicht mehr auf mich selbst wütend bin als auf Mrs. Huxley. Ich habe mich in die Lula Ann zurückverwandelt, die sich nie gewehrt hat. Nie. Ich lag nur da, während sie die Scheiße aus mir rausprügelte. Ich hätte sterben können auf dem Fußboden dieses Motelzimmers, wäre ihr Gesicht nicht vor lauter Erschöpfung puterrot geworden. Ich gab keinen Laut von mir, hob nicht einmal die Hand, um mich zu schützen, als sie mich ohrfeigte und dann in die Rippen boxte, ehe sie meinen Kiefer mit der Faust zertrümmerte und ihren Schädel gegen meinen rammte. Sie keuchte, als sie mich zur Tür schleifte und rauswarf. Ich spüre noch ihre harten Finger in meinem Haar im Nacken, ihren Fuß an meinem Hintern, und ich höre noch das Knacken meiner Knochen, die auf Beton prallen. Ellenbogen, Unterkiefer. Ich spüre meine schleifenden Arme, auf der Suche nach Halt. Dann meine Zunge, die im Blut nach den Zähnen tastet. Als die Tür zuknallte und wieder aufging, damit sie mir den Schuh nachwerfen konnte, kroch ich schon weg wie ein vermöbelter Welpe und wagte es nicht mal zu wimmern.

Vielleicht hat er recht. Ich bin nicht die Frau. Als er ging, steckte ich es weg und tat so, als käme es nicht drauf an.

Rasierschaum aus der Spraydose fand er lächerlich, er hantierte lieber mit Seife und Rasierpinsel, einem schönen Teil mit Wildschweinborsten, die aus einem Elfenbeinknauf sprossen. Ich glaube, es liegt jetzt im Müll, zusammen mit seiner Zahnbürste, dem Streichriemen und dem Rasierer. Seine Hinterlassenschaften sind zu lebendig. Es war an der Zeit, sie alle wegzuwerfen. Er hat seinen ganzen Kram zurückgelassen: Toilettenartikel, Kleidung und einen Stoffbeutel mit zwei Büchern, eins in einer fremden Sprache und eins mit Gedichten. Erst schmeiße ich alles weg, dann wühle ich mich durch den Müll und ziehe seinen Rasierpinsel und den Rasierer mit dem Elfenbeingriff heraus. Ich lege beides in den Arzneischrank, und als ich ihn schließe, starre ich auf mein Gesicht im Spiegel.

«Du solltest immer Weiß tragen, Bride. Nur Weiß, immer alles in Weiß.» Jeri, der sich einen «Designer für den ganzen Menschen» nennt, bestand darauf. Ich ließ mich von ihm beraten, als ich mich für mein zweites Vorstellungsgespräch bei *Sylvia Inc.* in Form bringen wollte.

«Nicht nur wegen deines Namens», fuhr er fort, «sondern weil es deine Lakritzenhaut zur Geltung bringt. Und Schwarz ist das neue Schwarz, du verstehst, was ich meine? Augenblick. Du bist eher wie Hershey's Schoko-Sirup als wie Lakritze. Lässt die Leute an Schlagsahne und an Schokoladensoufflé denken, jedes Mal, wenn sie dich sehen.»

Ich musste lachen. «Oder an Schokokeks?»

«Nicht doch. Etwas mit Klasse. Pralinen. Handgeschöpft.»

Anfangs war es langweilig, beim Shoppen nur nach weißen Teilen Ausschau zu halten, aber bald merkte ich, wie viele Schattierungen es da gab: Reinweiß, Perlweiß, Elfenbein, Champagner, Silberweiß, Alabaster, Ekrü, Schwanenweiß, Marmorweiß, Atlas. Noch interessanter wurden die Einkäufe, als es um die Farben der Accessoires ging.

«Hör zu, Bride-Baby», beriet mich Jeri: «Wenn du unbedingt einen Farbtupfer willst, dann beschränke ihn auf Schuhe und Handtasche. Ich würde aber bei Schwarz bleiben, wenn schlichtes Weiß nicht genügt. Und vergiss nicht: kein Make-up. Nicht mal Lippenstift oder Eyeliner. Nichts.»

Was er wohl von Schmuck hielte? Gold? Ein paar Brillanten? Eine Smaragdbrosche?

«Bloß nicht!» Er hob abwehrend die Hände. «Keinerlei Schmuck. Kleine Perlen-Ohrstecker vielleicht. Nein. Nicht mal das. Nur du, Mädchen. Nur Nacht und Eis. Ein Panther im Schnee. Was sonst, bei deinem Körper? Bei deinen Wolfsaugen? Ich bitte dich!»

Ich folgte seinem Rat, und er wirkte. Wo ich auch hinkam, zog ich die Blicke auf mich, aber es waren nicht mehr die leicht angewiderten Blicke, die ich aus meiner Kindheit kannte. Sie waren bewundernd, voller Verblüffung und Begehren. Und ohne dass er es ahnte, hatte Jeri mir auch den Namen für eine Produktlinie eingegeben.

Nur du, Mädchen. YOU, GIRL.

Mein Gesicht sieht im Spiegel fast wie neu aus. Die Lippen sind wieder normal, ebenso die Nase und das Auge. Nur der Brustkorb ist noch empfindlich, aber am meisten überrascht mich, dass die abgeschürfte Haut im Gesicht am schnellsten geheilt ist. Ich sehe fast wieder schön aus, warum bin ich dann immer noch traurig? Spontan öffne ich den Badezimmerschrank und hole seinen Rasierpinsel heraus. Ich fahre mit den Fingern hindurch. Die seidigen Borsten kitzeln und streicheln zugleich. Ich führe den Pinsel an mein Kinn, wedle ihn hin und her, so wie er es immer gemacht hat. Ich fahre an meinem Unterkiefer entlang, dann hinauf zu den Ohrläppchen. Aus irgendeinem Grund fühle ich mich schwach. Seife. Ich brauche Schaum. Ich reiße eine Geschenkpackung auf, in der eine Tube Schaumbad «für die Haut, die Er liebt» steckt. Ich drücke den Inhalt in die Seifenschale und mache den Rasierpinsel nass. Als ich mir den Schaum ins Gesicht klatsche, stockt mir der Atem. Ich seife meine Wangen ein, die Mundpartie unter der Nase. Klar, es ist verrückt, was ich da tue, aber ich kann den Blick nicht von meinem Gesicht wenden. Meine Augen sehen größer aus, sie strahlen. Meine Nase ist nicht nur verheilt, sie ist makellos, und meine Lippen schauen so kussfrisch aus dem weißen Schaum hervor, dass ich sie mit der Spitze meines kleinen Fingers betaste. Ich kann kaum aufhören, aber ich muss. Ich greife nach seinem Rasierer. Wie hat er ihn gehalten? Eine ganz bestimmte Fingerstellung, die mir nicht einfällt. Ich werde üben müssen. Vorerst nehme ich die stumpfe Seite und ziehe breite Schokoladenstreifen durch die Strudel von weißem Schaum. Ich bespritze mich mit Wasser, spüle mein Gesicht ab. Süß ist die Befriedigung, die folgt, so süß.

Von zu Hause zu arbeiten ist gar nicht so schlecht, wie ich erwartet hatte. Ich habe immer noch Autorität, obwohl Brooklyn mich manchmal missversteht und ein paar meiner Entscheidungen sogar ignoriert. Das nehme ich hin. Ich kann froh sein, dass sie mein Stehvermögen hat. Und wenn ich mich mal niedergeschlagen fühle, finde ich das Heilmittel in der kleinen Box, in der sein Rasierzeug steckt. Ich schlage das warme, seifige Wasser zu Schaum und kann es kaum erwarten, den Pinsel und dann den Rasierer zu spüren, die Kombination, die mich gleichzeitig erregt und besänftigt. Die mich ohne Schmerz an Zeiten zurückdenken lässt, in denen ich verspottet und verletzt wurde.

«Unter all dem Schwarz ist sie eigentlich ganz hübsch.» Die Nachbarn und die Nachbarstöchter waren sich einig. Sweetness ließ sich nie auf Elternabenden oder bei Volleyballturnieren blicken. Mir wurde nahegelegt, einen Beruf zu erlernen statt auf eine höhere Schule zu gehen, ein Community College zu absolvieren statt des vierjährigen Studiums an einer staatlichen Universität. Ich tat nichts dergleichen. Nach ich weiß nicht wie vielen Absagen bekam ich schließlich einen Job im Lager – auf keinen Fall im Verkauf, wo die Kundschaft mich sehen könnte. Ich hätte gern Kosmetik verkauft, wagte aber nicht, danach zu fragen. Einkäuferin wurde ich schließlich, nachdem eine ganze Reihe strohdummer weißer Kolleginnen wegbefördert worden war oder so viel Mist gebaut hatte, dass man endlich auf jemanden zurückgriff, der genau wusste, was im Lager fehlte. Selbst meine Bewerbung bei *Sylvia*

Inc. ging erst mal schief. Mein ganzer Stil, meine Klamotten, das alles passte ihnen nicht, und sie sagten, ich solle es später noch mal versuchen. Damals holte ich mir Rat bei Jeri. Als ich dann wieder durchs Foyer zur Personalabteilung ging, konnte ich die Wirkung spüren: große, bewundernde Augen, lächelnde Gesichter und Geflüster: «Wow!» – «Oh, Baby!» Im Handumdrehen stieg ich zur Bezirkschefin auf. «Siehst du», sagte Jeri. «Schwarz zieht. Es ist die heißeste Ware, die es in unserer Gesellschaft gibt. Weiße Mädchen, sogar braune, müssen sich nackt ausziehen, um so viel Aufmerksamkeit zu erregen.»

Ob wahr oder nicht, es war mein Start, mein Neustart. Ich begann, mich anders zu bewegen – kein aufmüpfiges Becken-raus-Stolzieren auf dem Laufsteg mehr, sondern ein gemessener, beherrschter Schritt. Die Männer flogen auf mich, und ich ließ sie landen. Eine ganze Weile jedenfalls, bis mein Liebesleben zu einer Art Cola light wurde – täuschend süß, aber ohne Nährwert. Mehr wie ein PlayStation-Spiel, das die ungefährdete Freude an virtueller Gewalt imitiert, und auch genauso kurz. Alle meine Boyfriends waren Typen aus der gleichen Schublade: Möchtegern-Schauspieler, Rapper, Profisportler, lauter Spieler, die auf meinen Schlitz oder meinen Gehaltsscheck warteten wie auf eine milde Gabe. Andere, die schon am Ziel waren, behandelten mich wie einen Orden, ein glänzendes, stummes Zeugnis ihrer Heldentaten. Nicht einer hatte etwas zu geben, war hilfreich, interessierte sich für das, was ich dachte. Es ging ihnen nur um mein Aussehen. Wollte ich mich ernsthaft unterhalten, fertigten sie mich mit Witzeleien oder Kindergewäsch ab, bis sie anderswo andere Krücken für ihr Ego fanden. Speziell eine Bekanntschaft fällt mir ein, ein Medizinstudent, der mich überredete, ihn zu einem Besuch bei seinen Eltern im Norden zu begleiten. Er hatte mich kaum vorgestellt, als schon klar war, dass meine Anwesenheit seine Familie terrorisieren, dieses nette, alte, weiße Ehepaar in Angst und Schrecken versetzen sollte.

«Ist sie nicht wunderschön?», wiederholte er immer wieder. «Schau sie doch an, Mutter? Vater?» Seine Augen blitzten vor Bosheit.

Doch sie ließen ihn dumm dastehen mit ihrer – wenn auch nur vorgetäuschten – Herzlichkeit und ihrem Charme. Seine Enttäuschung war offensichtlich, seinen Ärger verbarg er nur mühsam. Seine Eltern fuhren mich sogar zum Bahnhof, wahrscheinlich, damit er mich nicht mit flauen Rassistenwitzen über sie behelligen konnte. Ich war erleichtert, auch wenn ich genau wusste, was die Mutter mit der von mir benutzten Teetasse machen würde.

So sah das Panorama der Männerwelt aus.

Dann er. Booker. Booker Starbern.

Ich will lieber nicht über ihn nachdenken. Oder darüber, wie leer, banal und leblos mir jetzt alles vorkommt. Ich will mich nicht daran erinnern, wie gut er aussieht – makellos, wäre nicht die hässliche Brandnarbe an seiner Schulter. Ich habe jeden Zentimeter seiner goldenen Haut gestreichelt, an seinen Ohrläppchen gesaugt. Ich weiß, wie sich das Haar in seiner Achselhöhle anfühlt; ich habe das Grübchen an seiner Oberlippe befingert; ich habe Rotwein in seinen Nabel geträufelt und aufgeleckt, was überfloss. Es gibt keinen Fleck meines Körpers, dem seine Lippen nicht einen Blitzschlag versetzt hätten. O

Gott. Schluss mit den Erinnerungen, wie wir uns geliebt haben. Ich muss vergessen, wie neu es sich jedes Mal anfühlte, frisch und irgendwie ewig zugleich. Ich bin taub für Musik, aber ihn zu ficken ließ mich singen. Und dann, und dann aus dem Nichts: «Du bist nicht die Frau...», ehe er verschwand wie ein Geist.

Gefeuert.

Ausradiert.

Selbst Sofia Huxley, ausgerechnet sie, hatte mich aus ihrem Leben radiert. Eine Strafgefangene. Eine Gefangene! Sie hätte «Nein, danke» sagen können oder sogar «Verschwinde!» Aber nein. Sie drehte durch. Vielleicht ist Faustkampf im Gefängnis eine Form von Sprache. Statt mit Wörtern unterhalten sich die Häftlinge mit Hilfe von Knochenbrüchen und blutenden Wunden. Ich weiß nicht, was schlimmer ist, wie ein Stück Abfall weggeworfen oder geschlagen zu werden wie ein Sklave.

Am Tag bevor er ging, haben wir in meinem Büro gemeinsam zu Mittag gegessen – Hummersalat, Designerwasser, Pfirsichhälften in Brandy. Nein, stopp! Ich darf nicht dauernd an ihn denken. Und ich kriege einen Koller, wenn ich immer nur in diesen Zimmern rumhänge. Zu viel Licht, zu viel Raum, zu menschenleer. Ich muss mir was anziehen und hier raus. Muss das machen, womit mir Brooklyn in den Ohren liegt: die Sonnenbrille und die Schlapphüte vergessen, mich zeigen, das Leben leben, wie es ist – lebendig. Sie muss es wissen. Sie hat *Sylvia Inc.* schon ganz zu ihrer Sache gemacht.

Ich wähle mit Bedacht: Shorts und ein rückenfreies Oberteil in gedecktem Weiß, Riemchensandalen aus Bast mit hohem Keilabsatz, eine beige Leinentasche, in die ich, für den Fall der Fälle, seinen Rasierpinsel gleiten lasse. Außerdem eine Ausgabe von *Elle* und die Sonnenbrille. Brooklyn wäre zufrieden, auch wenn ich nur zwei Querstraßen weit zu einer Grünanlage gehe, in der man zu dieser Stunde des Tages hauptsächlich Alte und Hundehalter antrifft, die ihre Vierbeiner ausführen. Später werden sich Jogger und Skater einfinden, aber, weil Samstag ist, keine Mütter und Kinder. Die verbringen ihre Wochenenden bei Spielgefährten, auf Spielplätzen, in Spielzimmern und Spielrestaurants, allzeit behütet von liebevollen Nannys mit köstlichen Akzenten.

Ich entscheide mich für eine Bank neben einem künstlichen Teich, auf dem echte Enten schwimmen. Und obwohl ich die Erinnerung an die Worte, mit denen er mir den Unterschied zwischen wilden und zahmen Enten erklärt hat, schnell wegschiebe, bleibt in meinen Muskeln das Gefühl seiner kühlen, massierenden Finger gegenwärtig. Während ich in der *Elle* blättere und die Fotos der Jugendfrischen, Appetitlichen taxiere, höre ich langsame Schritte auf dem Kies. Ich blicke auf. Die Schritte gehören zu einem grauhaarigen Paar, das schweigend, händchenhaltend vorbeigeht. Sie haben Bäuche, die genau gleich groß sind, nur dass seiner tiefer hängt. Sie tragen Trainingshosen ohne Farbe und weite T-Shirts, die vorne und hinten mit verblichenen Friedenssymbolen bedruckt sind. Die Teenager mit den Hunden kichern und zerren an den Leinen ihrer Tiere, ohne Grund, es sei denn aus Neid auf ein langes Leben in Vertrautheit. Das Paar bewegt sich vorsichtig, wie in einem Traum. Die Schritte im Gleichklang, blicken sie starr geradeaus, als folgten sie dem Ruf zu einem Raumschiff, an dem sich eine Tür öffnen und eine rote Teppichzunge entrollen wird. Sie werden hinaufsteigen, Hand in Hand, und eine gütige Macht wird sie aufnehmen. Und sie werden eine Musik hören, so schön, dass dir die Tränen kommen.

Das reicht. Das händchenhaltende Paar, seine lautlose Musik. Ich kann es nicht mehr zurückhalten – ich bin wieder im überfüllten Stadion. Das Gebrüll der Zuschauer hat keine Chance gegen die wilde, geile Musik. Die Massen tanzen in den Gängen; Menschen stehen auf den Sitzbänken und klatschen zu den Trommeln. Meine Arme sind in der Luft, schwingen zur Musik hin und her. Mein Kopf und meine Hüften wiegen sich in ihrem eigenen Rhythmus. Ehe ich sein Gesicht sehe, schlingen sich seine Arme um meine Taille, wird mein Rücken an seine Brust gezogen, ist sein Kinn in meinem Haar. Dann wandern seine Hände auf meinen Bauch, und ich lasse meine Arme sinken, um seine Hände zu fassen, während wir Rücken an Brust tanzen. Als die Musik aufhört, drehe ich mich um und sehe ihn an. Er lächelt. Ich bin feucht und zittere.

Ehe ich den kleinen Park verlasse, fahre ich mit den Fingern durch die Borsten seines Rasierpinsels. Sie sind weich und warm.

SWEETNESS

Aber ja, manchmal finde ich es mies, wie ich Lula Ann behandelt habe, als sie klein war. Aber ihr müsst eins verstehen: Ich musste sie schützen. Sie wusste nichts von der Welt. Es hatte keinen Sinn, zäh und aufmüpfig zu sein, selbst dann nicht, wenn man im Recht war. Nicht in einer Welt, in der man im Jugendknast enden konnte, wenn man in der Schule frech war oder geschlägert hat, einer Welt, in der du der Letzte warst, der einen Job bekam, aber der Erste, der gefeuert wurde. Sie konnte noch nichts davon wissen, auch nicht, dass die Weißen sich angesichts ihrer schwarzen Haut unwohl fühlen oder sie lächerlich machen und reinlegen würden. Ich sah mal, wie einem kleinen Mädchen, kaum zehn Jahre alt und nicht annähernd so dunkel wie Lula Ann, von einem aus einer Gruppe weißer Burschen ein Bein gestellt wurde, und als sie stürzte und sich wieder hochrappeln wollte, gab ihr ein anderer einen Fußtritt in den Hintern, sodass sie wieder hinfiel. Die Burschen hielten sich die Bäuche und krümmten sich vor Lachen. Sie kicherten noch, als die Kleine längst weg war, so stolz waren sie auf sich. Wäre ich nicht in einem Bus gesessen, als ich das sah, ich hätte ihr geholfen, hätte sie von diesem weißen Dreckspack weggezogen. Versteht mich doch, wenn ich es Lula Ann nicht beigebracht hätte, dann wäre ihr nicht klar gewesen, dass sie immer die Straßenseite wechseln und weißen Jungs aus dem Weg gehen muss. Im Endeffekt haben sich meine Lektionen aber gelohnt, und ich war stolz auf sie wie ein Pfau. Das war bei dem Prozess gegen diese Bande von perversen Lehrern, drei waren es, ein Mann und zwei Frauen, da hat sie die Kastanien aus dem Feuer geholt. So jung sie auch war, im Zeugenstand hat sie sich verhalten wie eine Erwachsene – so ruhig und selbstsicher. Ihre wilden Haare zu bändigen war immer ein Problem, aber für diesen Auftritt vor Gericht hab ich ihr ganz schmale Zöpfe geflochten und ein blau-weißes Matrosenkleidchen gekauft. Ich war nervös, ich dachte, vielleicht stolpert sie auf dem Weg zum Zeugenstand oder sie stottert, oder sie vergisst, was die Psychologen ihr gesagt haben, und ich muss mich schämen. Aber nein, Gott sei's gedankt, sie hat mindestens einer dieser sündhaften Lehrkräfte sozusagen die Schlinge um den Hals gelegt. Ihr würdet kotzen wegen der Sachen, für die man sie angeklagt hat. Wie sie kleine Kinder dazu gebracht haben, ganz schlimme Dinge zu tun. Es stand in den Zeitungen, und im Fernsehen kam's auch. Wochenlang standen die Menschen, ob sie nun Kinder in dieser Schule hatten oder nicht, in Gruppen vor dem Gerichtsgebäude und brüllten vor Wut. Manche hatten selbstgemalte Schilder dabei, auf denen TOD DEN MONSTERN oder KEINE GNADE FÜR DIESE TEUFEL stand.

Während der meisten Tage saß ich im Gericht – nicht an allen, aber immer dann, wenn Lula Ann eingeteilt war. Viele Aussagen wurden verschoben, oder die Zeugen tauchten gar nicht auf. Sie wurden krank, oder sie überlegten es sich anders. Lula Ann sah verängstigt aus, aber sie blieb ruhig, hat nicht rumgezappelt und gewinselt wie die anderen Kinder im Zeugenstand. Manche haben sogar geweint. Nach Lula Anns Auftritt vor Gericht und im Zeugenstand war ich so was von stolz auf sie, wir sind Hand in Hand nach Hause gegangen. Man erlebt es nicht oft, dass ein kleines schwarzes Mädchen ein paar verbrecherische Weiße zur Strecke bringt. Sie sollte merken, wie zufrieden ich mit ihr war, deshalb ließ ich ihr Ohrlöcher stechen und kaufte ihr ein Paar Ohrringe – kleine, goldene Kringel. Sogar unser Vermieter lächelte, als er uns sah. In den Zeitungen erschienen keine Fotos, um die Kinder zu schützen, aber die Sache sprach sich rum. Der Inhaber des Drugstores, der immer die Mundwinkel runterzog, wenn er uns zusammen sah, schenkte Lula Ann einen Schokoriegel, als er von ihrem Mut hörte.

Ich war keine schlechte Mutter, glaubt mir, aber vielleicht habe ich meinem einzigen Kind ein paar schmerzhafte Dinge zugemutet, weil ich es schützen musste. Weil ich musste. Weil Hautfarbe eben nicht gleich Hautfarbe ist. Erst konnte ich unter all dem Schwarz nicht erkennen, wer sie eigentlich war, und konnte sie nicht einfach liebhaben. Aber ich liebe sie. Wirklich. Ich glaube, sie versteht das jetzt. Glaube ich jedenfalls.

Die letzten beiden Male, als ich sie gesehen habe, war sie, ja, einfach hinreißend. So angstlos und selbstsicher. Wenn sie da war, merkte ich überhaupt nicht, wie schwarz sie war, weil sie mit wunderschönen weißen Kleidern einen Vorteil daraus machte.

Es war eine Lektion für mich, die ich früher hätte lernen sollen. Was man Kindern antut, zählt. Und sie vergessen es womöglich nie. Jetzt hat sie einen tollen Job in Kalifornien, aber anrufen oder mich besuchen tut sie nicht mehr. Hin und wieder schickt sie Geld oder irgendwelches Zeug, aber wann ich sie zuletzt gesehen habe, erinnere ich kaum noch.

BRIDE

Brooklyn wählt das Restaurant. PIRAT heißt es, ein auf edel machendes, früher angesagtes, jetzt noch knapp überlebendes Lokal für Touristen und alle, die unbedingt uncool sein wollen. Der Abend ist zu frisch für das ärmellose, weiße Hängerchen, das ich trage, aber ich will Brooklyn mit meinen Fortschritten, meinen kaum noch sichtbaren Narben beeindrucken. Sie holt mich raus aus etwas, das sie die klassische Depression des Vergewaltigungsopfers nennt. Ihre Therapie besteht in diesem Design-Albtraum von Fressplatz, in dem Kellner mit roten Hosenträgern über derart betont nackten Oberkörpern die heilsame Wirkung zeitigen sollen. Sie ist eine wahre Freundin. Nur kein Druck, sagt sie. Nur ein geruhsames Dinner in einem fast leeren Restaurant mit appetitlichem, aber harmlosem Fleisch in der Auslage. Ich weiß, warum sie gern hierhergeht. Sie liebt es, sich vor Männern zu produzieren. Schon lange ehe ich sie kennenlernte, hat sie ihr blondes Haar zu Dreadlocks gezwirbelt, und diese Locken geben ihrem hübschen Gesicht einen Extrakick, der ihm sonst fehlte. Finden jedenfalls die schwarzen Kerle, mit denen sie ausgeht.

Zu den Vorspeisen hecheln wir Büroklatsch durch, aber das Gegluckse erstirbt, als der Mahi Mahi aufgetragen wird. Es ist die übliche, überkandidelte Komposition, ertränkt in Kokosmilch, überwürzt mit Ingwer, Sesamsamen, Knoblauch und zart geraspelten Frühlingszwiebeln. Die Bemühungen der Küche, eine schlichte Makrele aufzumotzen, öden mich an. Ich kratze das Brimborium von dem Filet ab und platze heraus: «Ich will Urlaub machen, irgendeine Reise. Eine Kreuzfahrt.»

Brooklyn grinst. «Au ja. Wohin? Endlich gute Nachrichten.»

«Aber keine Kinder», sage ich.

«Wird sich machen lassen. Fidschi, vielleicht?»

«Und keine Partys. Ich will solide Leute mit Bauch um mich haben. Und auf dem Oberdeck Shuffleboard spielen. Und Bingo.»

«Bride, du machst mir Angst.» Sie tupft sich einen Mundwinkel mit der Serviette ab und macht große Augen.

Ich lege meine Gabel zur Seite. «Nein, im Ernst. Nur Ruhe. Nichts soll lauter sein als das Plätschern der Wellen oder die schmelzenden Eiswürfel im Kristallglas.»

Brooklyn legt ihren Unterarm auf den Tisch und ihre Hand auf meine. «Mensch, Mädchen, du stehst noch immer unter Schock. Du machst mir keine Pläne, ehe du nicht diese Vergewaltigung hinter dir lassen kannst. Vorher weißt du gar nicht, was du wirklich willst. Vertrau mir. Okay?»

Ich hab das so was von satt. Als Nächstes wird sie darauf bestehen, dass ich zu einer Spezialtherapeutin für Vergewaltigungsopfer oder in eine Selbsthilfegruppe gehe. Es hängt mir zum Hals raus, weil ich in der Lage sein muss, mit meiner engsten Freundin ein ehrliches Gespräch zu führen. Ich beiße eine Spargelspitze ab, dann kreuze ich langsam Messer und Gabel.

«Hör zu, ich hab dich angelogen.» Ich schiebe den Teller so entschlossen weg, dass das Glas mit dem Rest meines Martini-Apfel-Cocktails umfällt. Ich wische die Bescherung mit meiner Serviette auf und versuche mich zu beruhigen, damit das, was ich gleich sagen werde, normal klingt. «Ich hab gelogen, Schätzchen, ich hab dich angelogen. Niemand wollte mich vergewaltigen, es war eine Frau, die mich grün und blau geschlagen hat. Jemand, dem ich helfen wollte, zu allem Überfluss. Ich wollte ihr helfen, und sie hätte mich am liebsten umgebracht.»

Brooklyn starrt mich mit offenem Mund an, dann kneift sie die Augen zusammen. «Eine Frau? Was für eine Frau? Wer?»

«Du kennst sie nicht.»

«Du anscheinend auch nicht.»

«Ich kannte sie. Ist lang her.»

«Bride, füttere mich nicht mit Brosamen. Gib mir die ganze Portion, bitte.» Sie zieht sich ihre Löckchen hinter die Ohren und fixiert mich mit einem bohrenden Blick.

Es brauchte ungefähr drei Minuten, um alles zu erzählen: Wie eine Lehrerin in dem Kindergartenflügel neben dem Schulgebäude schmutzige Sachen mit ihren Schützlingen angestellt hat, als ich ein kleines Mädchen in der zweiten Klasse war.

«Ich kann mir das nicht anhören», sagt Brooklyn. Sie schließt die Augen wie eine Nonne vor einem Pornoheft.

«Du wolltest die ganze Portion», sage ich.

«Schon gut. Schon gut.»

«Jedenfalls, sie wurde verhaftet, verurteilt und verknackt.»

«Alles klar. Aber wo ist dann das Problem?»

«Ich hab gegen sie ausgesagt.»

«Umso besser. Also?»

«Ich hab auf sie gedeutet. Ich saß auf dem Zeugenstuhl und hab mit dem Finger auf sie gezeigt. Und gesagt, dass ich gesehen habe, wie sie's gemacht hat.»

«Und?»

«Sie kam ins Gefängnis. Fünfundzwanzig Jahre haben sie ihr aufgebrummt.»

«Gut so. Und das war's dann, oder?»

«Nein, nicht wirklich.» Ich fummle an meinem Ausschnitt herum, rücke ihn zurecht, genau wie mein Gesicht. «Ich hab immer mal wieder an sie denken müssen, verstehst du?»

«Mhm. Und?»

«Na ja, sie war erst zwanzig.»

«Die Manson-Girls waren auch nicht älter.»

«In ein paar Jahren ist sie vierzig, und ich dachte mir, sie hat wahrscheinlich keine Freunde.»

«Das arme Ding! Und keine appetitlichen Kleinen zum Missbrauchen, da wo sie steckt. So ein Jammer.»

«Du verstehst nicht, was ich meine.»

«Allerdings verstehe ich das nicht.» Brooklyn schlägt auf den Tisch. «Bist du verrückt geworden? Was ist dieses weibliche Reptil denn anderes als unterster Bodensatz? Oder ist sie etwa verwandt mit dir? Hä?»

«Nein.»

«Und?»

«Ich dachte einfach, dass sie nach all den Jahren traurig und einsam sein muss.»

«Sie atmet. Ist das nicht gut genug für sie?»

Das führt zu nichts. Wie kann ich auch erwarten, dass

sie versteht? Ich winke dem Kellner. «Noch einen», sage ich und nicke in Richtung meines leeren Glases.

Der Kellner blickt fragend zu Brooklyn. «Für mich nichts mehr, Törtchen. Ich brauche einen kühlen Kopf.»

Er schenkt ihr ein Killerlächeln, bestückt mit strahlend gebleichten Zähnen.

«Hör zu, Brooklyn, ich weiß nicht, warum ich hingegangen bin. Ich weiß nur, dass ich immer wieder an sie gedacht habe. All die Jahre, die sie in Decagon saß.»

«Hast du ihr geschrieben? Sie besucht?»

«Nein. Ich hab sie nur zwei Mal gesehen. Erst bei der Verhandlung, und dann, als das hier passiert ist.» Ich deute auf mein Gesicht.

«Du dumme Töle!» Sie scheint sich wirklich über mich zu ärgern. «Du hast sie hinter Gitter gebracht. Natürlich will sie dich fertigmachen.»

«Sie war früher nicht so. Sie war freundlich, sogar witzig, und nett.»

«Früher? Was heißt früher? Du sagst, du hättest sie nur zwei Mal gesehen – bei der Verhandlung und als sie dich vermöbelt hat. Aber wie sie an Kindern rumgemacht hat, was ist damit? Du hast gesagt –»

Der Kellner beugt sich mit meinem Drink zwischen uns.

«Also gut.» Ich bin nervös und kann es nicht verbergen. «Dreimal.»

Brooklyn schiebt die Zunge in einen Mundwinkel. «Sag mal, Bride, hat sie dich etwa auch belästigt? Du kannst mir alles sagen.»

Herr im Himmel. Was denkt sie denn jetzt? Dass ich eine heimliche Lesbe bin? In einer Firma, deren Belegschaft aus einem Regenbogen von Bisexuellen, Heteros, Transen, Schwulen und sonstigen Spezialisten besteht, die alle aus ihrem Stil keinen Hehl machen? Was hätte diese Geheimnistuerei heutzutage noch für einen Sinn?

«Sei nicht dumm, Mädchen.» Ich werfe ihr den Blick zu, den ich von Sweetness kannte, wenn ich Limonade verschüttet hatte oder über den Teppich gestolpert war.

«Okay, okay.» Sie wedelt mit der Hand. «Kellner, mein Süßer, ich hab's mir anders überlegt. Einen Belvedere. Auf Eis. Einen doppelten.»

Der Kellner zwinkert ihr zu. «Die rrrichtige Entscheidung», sagt er und rollt dabei das «r» mit einem Unterton, der ihm zu Hause in South Dakota eine vielversprechende Telefonnummer eingetragen hätte.

«Schau mich an, Schätzchen. Denk mal scharf nach. Warum hat sie dir so leidgetan? Jetzt aber ehrlich.»

«Ich weiß es nicht.» Ich schüttle den Kopf. «Wahrscheinlich wollte ich mich selbst gut fühlen. Als jemand, den man nicht einfach wegwirft. Sofia Huxley – so heißt sie – war das Einzige, woran ich denken konnte, jemand, der sich freuen würde, wenn ich ihr ... eine kleine Freundlichkeit, aber ohne Kletten.»

«Jetzt kapier ich.» Sie wirkt erleichtert und lächelt mich an.

«Du verstehst mich? Wirklich?»

«Absolut. Dein Kerl seilt sich ab, du fühlst dich wie Kuhkacke, du versuchst, dich wiederaufzubauen, aber das geht in die Hose. Stimmt's?»

«Stimmt. Im Großen und Ganzen. Denk ich mal.»

«Dann renken wir das jetzt wieder ein.»

«Wie denn?» Wenn irgendjemand weiß, was zu tun ist,

dann Brooklyn. Hinfallen, so sagt sie immer, erfordert eine Entscheidung – liegenbleiben oder wieder aufspringen. «Wie renken wir das ein?»

«Jedenfalls nicht ohne Bling-Bling.» Sie ist ganz animiert.

«Sondern?»

«Blingo!», ruft sie.

«Sie wünschen?», fragt der Kellner.

Zwei Wochen später organisiert Brooklyn, wie versprochen, ein Fest – eine Prelaunch-Party, bei der ich die Hauptattraktion bin, als Erfinderin von YOU, GIRL und als diejenige, die für das ganze Bohei rund um die neue Marke verantwortlich ist. Die Location soll, soweit ich weiß, ein schickes Hotel sein. Nein, ein Klugscheißer-Museum. Ein Haufen Leute wartet auf mich und auch eine Limousine. Meine Frisur und meine Kleidung sind perfekt: Brillantenähnliche Steine sprenkeln die weiße Spitze der Abendrobe, die hauteng an meinem Körper anliegt, bis sie sich zu den Füßen hin wie eine Nixenflosse weitet. An manchen interessanten Stellen gewährt sie Durchblick, an anderen – den Brustwarzen und dem haarlosen Dreieck zwei Handbreit unterhalb des Nabels – jedoch nicht.

Jetzt gilt es nur noch, die Ohrringe zu wählen. Die Perlen-Ohrstecker habe ich verloren, also entscheide ich mich für die Einkaräter-Diamanten. Bescheiden, nichts Übertriebenes, nichts, das von dem ablenken könnte, was Jeri meine Schwarzer-Kaffee-mit-Sahne-Palette nennt. Ein Panther im Schnee.

Herr im Himmel, was ist los? Meine Ohrringe. Sie gehen nicht rein. Immer wieder rutscht der kleine Stachel aus Platin vom Ohrläppchen ab. Ich untersuche die Ringe – alles in Ordnung. Ich betrachte meine Ohrläppchen ganz genau und entdecke, dass die winzigen Löcher verschwunden sind. Komisch. Ich hatte Ohrlöcher, seit ich acht Jahre alt war. Sweetness gab mir kleine Ringe aus falschem Gold, als Geschenk, nach meiner Aussage gegen das Ungeheuer. Seitdem habe ich nie wieder Ohrclips getragen. Niemals. Meistens Perlen-Ohrstecker, entgegen der Empfehlung meines «Designers für den ganzen Menschen», und manchmal, so wie jetzt, Diamanten. Moment mal. Das kann doch nicht sein. Nach all diesen Jahren habe ich wieder jungfräuliche Ohrläppchen, von keiner Nadel berührt, glatt wie ein Babydaumen? Kommt das vielleicht von den kosmetischen Operationen, oder sind es Nebenwirkungen der Antibiotika? Aber das liegt schon Wochen zurück. Ich beginne zu zittern. Ich brauche den Rasierpinsel. Das Telefon klingelt. Ich nestle den Pinsel heraus und streiche sanft über mein Dekolleté. Was mich ganz benommen macht. Das Telefon klingelt weiter. Also gut. Keine Klunker, keine Ohrringe. Ich greife nach dem Telefon.

«Miss Bride, Ihr Fahrer ist da.»

Wenn ich vorschütze, zu schlafen, wird er sich vielleicht einfach verpissen. Wer immer er ist, ich kann mich nicht zu ihm hindrehen, um zu plaudern oder ein Nach-dem-Sex-Kuscheln zu simulieren, vor allem, weil ich mich an nichts davon erinnere. Er küsst mich leicht auf die

Schulter, dann fahren seine Finger durch mein Haar. Ich murmle, als würde ich träumen. Ich lächle, halte aber die Augen geschlossen. Er schlägt das Bett zur Seite und geht ins Badezimmer. Schnell taste ich nach meinen Ohrläppchen. Glatt. Immer noch glatt. Auf der Party macht man mir ständig Komplimente – wie schön, wie hübsch, richtig heiß, einfach entzückend sagen alle, aber keiner bringt die fehlenden Ohrringe zur Sprache. Ich finde das seltsam, denn während all der Reden, der Preisverleihung, dem Dinner, dem Tanzen kreisen meine Gedanken so sehr um meine Babydaumenohrläppchen, dass ich mich auf nichts konzentrieren kann. So halte ich eine fahrige Dankesrede, lache zu lange über anzügliche Witze, stolpere durch Gespräche mit Mitarbeiterinnen, trinke drei- oder viermal so viel, wie ich mit Anstand vertragen kann. Ziehe mir eine einzige Linie, aber flirte danach rum wie eine Highschoolgöre, die Ballkönigin werden will, wodurch dieser wer auch immer in meinem Bett landet. Ich schmecke meine Zunge ab und hoffe, dass der Belag nur von mir stammt. Danke, lieber Gott. Und an den Bettpfosten baumeln keine Handschellen.

Er ist mit dem Duschen fertig und ruft meinen Namen, während er seinen Smoking anzieht. Ich antworte nicht, ich schaue nicht hin, ich ziehe mir nur das Kissen über den Kopf. Das amüsiert ihn, ich höre, wie er in sich hineinlacht. Aus der Küche dringen Geräusche, er macht Kaffee. Nein, keinen Kaffee, das würde ich riechen. Er schenkt etwas ein – Orangensaft, V8, abgestandenen Champagner? Sonst ist nichts im Kühlschrank. Stille, dann Schritte. Bitte, bitte, geh jetzt einfach. Ich höre ein leises Geräusch am Nachttisch, dann meine Wohnungstür, die sich öffnet und schließt. Als ich unter dem Kissen hervorblinzle, sehe ich ein gefaltetes Stück Papier neben dem Wecker. Eine Telefonnummer. ES WAR WUNDERBAR. Dann sein Name. Ich sacke vor Erleichterung zusammen. Keiner aus der Firma.

Ich eile ins Badezimmer und schaue in den Abfalleimer. Danke, Jesus. Ein gebrauchtes Kondom. Der Spiegel am Badezimmerschrank neben der beschlagenen Glaswand der Dusche ist klar und hell und zeigt mir, was er auch am Abend zuvor gezeigt hat – Ohrläppchen, so unberührt wie am ersten Tag meines Lebens. Das also ist Wahnsinn. Kein verrücktes Verhalten, sondern die einfache Beobachtung, dass sich in der Welt, die du zu kennen glaubtest, etwas verändert hat. Ich brauche den Rasierpinsel, die Seife. In meiner Achselhöhle sprießt kein einziges Härchen, aber ich seife sie trotzdem ein. Jetzt die andere. Das Schaumschlagen, das Rasieren beruhigt mich, und ich bin so dankbar, dass ich zu überlegen beginne, ob ich diesen kleinen Genuss noch anderen Partien meines Körpers gönnen könnte. Meiner Scham zum Beispiel. Sie ist schon haarlos. Könnte es heikel sein, die Rasierklinge dort unten zu benützen? Ja, ist es.

Wieder ruhiger, gehe ich zurück zum Bett und schlüpfe unter die Decke. Minuten später explodiert mein Kopf vor pochendem Schmerz. Ich stehe auf, finde zwei Vicodin-Tabletten, schlucke sie runter. Während ich auf die Wirkung warte, bleibt nichts zu tun, als meine Gedanken wandern, sich jagen, sich verbeißen zu lassen.

Was ist denn los mit mir?

Mein Leben bricht zusammen. Ich schlafe mit Männern, deren Namen ich nicht kenne, und kann mich an nichts davon erinnern. Was geht da ab? Ich bin jung. Ich bin erfolgreich und sehe gut aus. Sehr gut sehe ich aus, merken, Sweetness! Aber warum geht's mir so schlecht? Weil er mich verlassen hat? Ich habe mir etwas erarbeitet, das kann mir keiner nehmen, und ich mache meine Sache gut. Ich bin stolz auf mich, wirklich, aber die Schmerztabletten und der Kater lassen Erinnerungen an ein paar Altlasten aufsteigen, die einen nicht stolz machen. Ich hab das alles überwunden und bin weitergekommen. Selbst Booker hat das so gesehen, oder? Ich hab ihm alles hingekotzt, hab ihm alles erzählt: jede Angst, jede Verletzung, jeden Schritt vorwärts, so klein er auch war. Während ich mit ihm redete, kamen manche Dinge, die ich längst begraben hatte, so frisch wieder hoch, als sähe ich sie zum ersten Mal. Das Schlafzimmer von Sweetness, das immer so finster war – ich öffne das Fenster neben dem Frisiertisch, auf dem all das Zeug liegt, das eine erwachsene Frau braucht: eine Pinzette, Wattebällchen, die runde Lucky-Lady-Puderdose, das blaue Midnight-in-Paris-Fläschchen mit Kölnischwasser, Haarnadeln auf einer kleinen Untertasse, Papiertücher, Augenbrauenstifte, Maybelline-Wimperntusche, der Tabu-Lippenstift. Er ist ganz dunkelrot, und ich trage mir ein wenig davon auf. Kein Wunder, dass ich in der Kosmetik-Branche gelandet bin. Ich muss ihm all den Kram auf dem Toilettentisch beschrieben haben, denn dadurch kam ich auf diese andere Sache, die ich ihm erzählte. Alles hab ich ihm erzählt. Wie durch das geöffnete Fenster das Miauen einer Katze zu hören war. Wie es nach Schmerzen, sogar nach Angst klang. Ich schaute hinaus. Unten zwischen den Mauern, wo es runter zum Keller ging, sah ich keine

Katze, sondern einen Mann. Er beugte sich über die kurzen, dicken Beine eines Kindes, das zwischen seinen haarigen weißen Schenkeln lag. Der kleine Junge hatte seine Hände zu Fäusten geballt, die sich öffneten und schlossen. Er weinte leise, winselnd und voller Schmerzen. Die Hose des Mannes war unten bei seinen Knöcheln. Ich lehnte über dem Fensterbrett und starrte hinunter. Der Mann hatte genauso rote Haare wie Mr. Leigh, der Vermieter, aber der konnte es doch nicht sein, weil Mr. Leigh zwar streng, aber kein Schwein war. Er verlangte, dass die Miete am Ersten jedes Monats vor zwölf Uhr mittags in bar bezahlt wurde, und wenn man nur fünf Minuten zu spät an seiner Tür klopfte, gab es einen Versäumniszuschlag. Sweetness hatte so viel Angst vor ihm, dass sie mich immer gleich am Morgen mit dem Geld zu ihm schickte. Heute weiß ich, was ich damals nicht wusste – dass, wer sich mit Mr. Leigh anlegte, gleich nach einer neuen Wohnung Ausschau halten konnte. Und dass es schwierig sein würde, in einem anderen gemischten, also sicheren Viertel eine zu finden. Und deshalb war Sweetness außer sich, als ich erzählte, was ich gesehen hatte. Nicht wegen des weinenden kleinen Jungen, sondern weil die Sache nicht bekannt werden sollte. Es ging ihr nicht um die kleinen Fäuste oder die fetten, haarigen Schenkel; es ging ihr um unsere Wohnung, die sie uns erhalten wollte. «Erzähl das bloß nicht weiter», sagte sie. «Erzähl das niemandem, kapiert, Lula? Vergiss es. Kein Wort!» Und so traute ich mich nicht, ihr zu sagen, wie es weiterging – dass ich nämlich keinen Mucks machte, nur über dem Fensterbrett hing und schaute, aber irgendetwas den Mann trotzdem veranlasste, zu mir raufzublicken. Und es war Mr. Leigh. Er zog seine Hose hoch, während der Junge wimmernd zwischen seinen Stiefeln lag. Sein Gesichtsausdruck machte mir Angst, aber ich war wie erstarrt. Dann hörte ich ihn rufen: «Hey, kleine Niggerfotze! Fenster zu und verpiss dich!»

Als ich Booker davon erzählte, lachte ich erst und tat so, als wäre das einfach eine blöde Erinnerung. Dann spürte ich ein Brennen in den Augen. Noch ehe die Tränen hervorschossen, barg er meinen Kopf in seiner Armbeuge und drückte sein Kinn in mein Haar.

«Du hast es nie jemandem erzählt?», fragte er.

«Nie», sagte ich. «Nur dir.»

«Fünf Menschen wissen es jetzt. Opfer und Täter, deine Mutter, du und jetzt ich. Fünf ist besser als zwei, aber es sollten fünftausend sein.»

Er drehte mein Gesicht nach oben, zu dem seinen hin, und küsste mich. «Hast du diesen Jungen jemals wiedergesehen?»

Ich sagte, ich glaube nicht, er lag ja am Boden, und ich hatte sein Gesicht nicht sehen können. «Ich weiß nur, dass es ein weißer Junge mit braunen Haaren war.» Dann, als ich daran dachte, wie sich seine kleinen Finger auseinanderspreizten und wieder zusammenzogen, weit öffneten und eng zu Fäusten ballten, begann ich unwillkürlich zu schluchzen.

«Komm schon, Baby, du bist nicht verantwortlich für das Böse, das andere tun.»

«Weiß ich ja, aber –»

«Kein Aber. Mach wieder gut, was du kannst, und lerne aus dem, was du nicht wiedergutmachen kannst.»

«Ich weiß oft nicht, was ich wiedergutmachen soll.»

«Doch, das weißt du. Denk nach. Egal, wie sehr wir es zu ignorieren versuchen, unsere Seele kennt die Wahrheit und sehnt sich nach Klarheit.»

Es war eines der besten Gespräche, die wir je hatten. Ich fühlte mich so erleichtert. Nein. Mehr als das. Ich fühlte mich zurechtgerückt, geborgen und zugehörig.

Nicht so wie jetzt, da ich mich zwischen den teuersten Bettbezügen der Welt hin und her wälze. Ich habe Schmerzen, ich warte, dass die Wirkung der nächsten Vicodinpille einsetzt, und währenddessen gräme ich mich in meinem grandiosen Schlafzimmer und kann die düsteren Gedanken nicht im Zaum halten. Wahrheit. Klarheit. Was, wenn es der Vermieter gewesen wäre, auf den mein Finger im Gerichtssaal in Wahrheit deutete? Was man der Lehrerin zur Last legte, war ganz ähnlich dem, was Mr. Leigh getan hatte. Deutete ich auf meine Erinnerung an ihn? An sein abscheuliches Treiben oder an den Fluch, den er gegen mich schleuderte? Ich war sechs Jahre alt und hatte die Wörter «Nigger» und «Fotze» noch nie gehört, aber der Hass und der Ekel darin brauchten keine Erklärung. Genau wie später in der Schule, wo andere Flüche – schwer zu erklären, aber leicht zu verstehen – gezischt oder gerufen wurden, wenn ich auftauchte. Bimbo. Kaffer. Waschbär. Sambo. Uga-Buga. Dazu Affengeräusche und ein Lausen, wie man es bei Affen im Zoo sieht. Einmal legten mir ein Mädchen und drei Jungs ein Büschel Bananen aufs Pult und führten dabei ihre Affenspielchen auf. Sie haben mich behandelt wie eine Aussätzige, ein fremdes Wesen, das Flecken hinterlässt wie Tinte auf einem weißen Blatt Papier. Ich habe der Lehrerin nichts gesagt, aus dem gleichen Grund, aus dem Sweetness mich bei Mr. Leigh gewarnt hat – ich hätte nicht versetzt oder sogar von der Schule gewiesen werden können. So ließ ich die Beschimpfungen und die Schikanen wie Gift, wie tödliche Viren in mich eindringen, ohne dass es ein Antibiotikum gegeben hätte. Was, von heute aus betrachtet, eine gute Sache war, weil ich ein so starkes Immunsystem entwickelte, dass mir nichts weiter zu erreichen blieb als nur das eine – kein «Nigger Girl» mehr zu sein. Ich wurde eine tiefschwarze Schönheit, die kein Botox braucht für Lippen, die man küssen will, und kein Bräunungsstudio, um totengleiche Blässe zu verbergen. Und Silikon für die Hinterbacken brauche ich auch nicht. Ich verkaufe meine schwarze Eleganz an all die Plagegeister meiner Kindheit, und sie bezahlen mich teuer. Und ich muss zugeben, dass es mehr als eine Entschädigung ist, all jene, die mich gequält haben – die echten und die, die ihnen gleich sind – heute vor Neid sabbern zu sehen, wenn sie mir begegnen. Es ist ein Triumph.

Heute ist Montag. Oder Dienstag? Egal, seit zwei Tagen bin ich im Bett oder in dessen Nähe. Ich habe es aufgegeben, mir wegen der Ohrläppchen Sorgen zu machen. Neue Löcher kann ich mir immer stechen lassen. Brooklyn hält mich per Telefon auf dem Laufenden über die geschäftlichen Angelegenheiten. Ich habe darum gebeten, noch länger freigestellt zu werden, und dem wurde entsprochen. Sie ist jetzt Bezirkschefin «in Vertretung». Schön für sie. Verdient hat sie es allein schon dafür, dass sie mich aus dieser Decagon-Katastrophe gerettet hat. Tagelang hat sie sich um mich gekümmert, hat für die Abholung meines Jaguars gesorgt, eine Putzkolonne organisiert, den plastischen Chirurgen ausgewählt. Sie hat es sogar für mich übernommen, mein Dienstmädchen Rose zu feuern, als ich deren Anblick nicht mehr ertragen konnte – fett, mit Brüsten wie Honigmelonen und einem Wassermelonenhintern. Ich wäre ohne Brooklyn nicht gesund geworden. Aber sie ruft immer seltener an.

BROOKLYN

Ich fand, er war ein Raubtier. Egal, wie wild es auf der Tanzfläche zugeht, man packt doch niemanden einfach so von hinten, wenn man die Person nicht kennt. Aber ihr machte das nichts aus. Sie ließ es zu, dass er sie drückte, sich an ihr rieb, und dabei wusste sie überhaupt nichts über ihn, weiß bis heute nichts. Aber ich weiß Bescheid. Ich habe ihn mit einer Gruppe von Elendsgestalten vor einem U-Bahn-Eingang herumlungern gesehen. Gebettelt haben sie, du lieber Gott! Und einmal, da bin ich ziemlich sicher, fläzte er auf den Stufen vor der Bibliothek und tat so, als läse er ein Buch, damit die Cops ihn nicht vertrieben. Ein andermal sah ich ihn an einem Tisch in einem Coffee Shop sitzen, wo er in einem Notizbuch herumkritzelte und seriös zu wirken versuchte, als hätte er wichtige Dinge zu erledigen. Und es war kein anderer als er, den ich ziellos in Vierteln herumstreichen sah, die weit von Brides Wohnung entfernt lagen. Was trieb er dort? Traf er sich mit anderen Frauen? Bride erwähnte nie, was er machte oder welchem Beruf er nachging – wenn überhaupt einem. Geheimnisse würden sie reizen, meinte sie. Die Lügnerin. Was sie gereizt hat, war der Sex. Von dem war sie abhängig, und glaubt mir, ich weiß, wovon ich rede. Wenn wir zu dritt waren, wirkte sie irgendwie verändert. Zuversichtlich, nicht so bedürftig, nicht ständig und offensichtlich um Bestätigung buhlend. In seiner Gesellschaft leuchtete sie, aber mehr von innen. Ich weiß auch nicht. Ja, er sah verdammt gut aus. Na und? Was hatte er denn zu bieten, außer der Brunst im Bett? Sein Name war keine zehn Cent wert.

Ich hätte sie warnen können. Es überrascht mich kein bisschen, dass er sie verlassen hat wie ein Stinktier, von dem nur der Gestank bleibt. Wenn sie wüsste, was ich weiß, hätte sie ihn rausgeschmissen. Einmal habe ich mit ihm geflirtet, nur zum Spaß hab ich versucht, ihn zu verführen. In ihrem eigenen Schlafzimmer, wohlgemerkt. Ich hatte was bei Bride abzugeben, Musterentwürfe für Verpackungen. Ich habe ihren Wohnungsschlüssel und bin einfach reingegangen. Als ich nach ihr rief, antwortete er: «Sie ist nicht da.» Ich ging in ihr Schlafzimmer, und da lag er, lesend, in ihrem Bett. Auch noch nackt, unter einer Decke, die gerade bis zur Taille reichte. Aus einer Laune heraus, mehr nicht, schleuderte ich die Schuhe von den Füßen und ließ erst das Paket und dann, langsamer, wie in einem Pornofilm, alle Hüllen fallen. Er beobachtete mich genau, während ich strippte, aber er sagte kein Wort, und so wusste ich, dass ich bleiben sollte. Ich trage nie Unterwäsche, deshalb stand ich, als ich die Jeans runtergestreift und abgeschüttelt hatte, nackt wie ein Neugeborenes da. Er schaute nur, aber immer in mein Gesicht, und so zwinkerte ich ihm nach Kräften zu. Ich fuhr mir mit den Fingern durchs Haar, dann schlüpfte ich zu ihm unter die Decke und legte meinen Arm um seine Brust, in die ich sanfte Küsse pflanzte. Er legte das Buch weg.

Zwischen zwei Küssen flüsterte ich: «Möchtest du noch eine Blume für deinen Garten?»

«Bist du sicher, dass du weißt, was einen Garten blühen lässt?», erwiderte er.

«Aber ja», sagte ich. «Zärtlichkeit.»

«Und Mist», sagte er.

Ich stützte mich auf einen Ellenbogen und starrte ihn an. Mistkerl. Er lächelte nicht, aber er schob mich auch nicht weg. Ich sprang aus dem Bett und raffte so schnell wie möglich meine Klamotten zusammen. Er schaute nicht mal hin, als ich mich anzog. Arschloch. Er las weiter in seinem Buch. Wenn ich gewollt hätte, ich hätte ihn dazu gebracht, mit mir zu schlafen. Ich hätte das geschafft. Wahrscheinlich hätte ich ihn nicht überrumpeln dürfen. Ich hätte es vielleicht lockerer angehen müssen, langsamer. Auf die lässige Tour.

Wie dem auch sei, Bride weiß gar nichts über ihren Ex-Lover. Aber ich weiß Bescheid.

BRIDE

Ich kapier's nicht. Wer zum Teufel ist er? Seine Reisetasche, die ich genau wie die andere wegschmeißen werde, ist gestopft voll mit noch mehr Büchern, eins auf Deutsch, zwei mit Gedichten, eins von einem Verfasser namens Hass, dazu noch weitere Taschenbücher von anderen Autoren, deren Namen ich noch nie gehört habe.

Lieber Himmel. Ich dachte, ich kenne ihn. Ich weiß, dass er Abschlusszeugnisse von irgendeiner Uni hat. Er hat T-Shirts, auf denen die Uni draufsteht, aber ich habe nie über diesen Teil seines Lebens nachgedacht, weil für unsere Beziehung außer dem Sex und seinem totalen Verständnis dafür, wie ich ticke, der Spaß im Vordergrund stand, den wir zusammen hatten: Tanzen in den Clubs, wo andere Paare uns neidi
ge mit Freunden, Abhäng
dieser Bücher zeigt mir, w
er ein ganz anderer war, d
er nie sprach. Zugegeben
meistens um mich, aber
sarkastischen Wortwech
Männern hatte. Für die
meinerseits oder eine
zu Meinungsverschied

gen. Ich hätte ihnen meine Kindheit niemals so schildern können, wie ich es bei Booker konnte. Gut, es kam auch vor, dass er sich länger mit mir unterhielt, aber nie gab er etwas Persönliches von sich preis – es war mehr wie ein Vortrag. Einmal lagen wir am Strand, bequem in Liegestühlen, da fing er von der Geschichte der Wasserversorgung in Kalifornien an. Nicht gerade prickelnd, auch wenn ich halbwegs interessiert war. Trotzdem schlief ich bald ein.

Ich habe keine Ahnung, womit er sich beschäftigte, wenn ich im Büro war, und ich habe auch nie gefragt. Ich glaubte, dass er mich besonders schätzte, weil ich nicht nachforschte und bohrte und ihn über seine Vergangenheit ausfragte. Ich ließ ihm sein Privatleben. Ich dachte, das zeige, wie sehr ich ihm vertraute – und dass er es war, der mich anzog, und nicht das, was er machte. Alle Mädchen, die ich kenne, stellen ihren Freund als Anwalt oder Künstler oder Clubbetreiber oder Börsenmakler oder sonst was vor. Die berufliche Stellung, nicht der Mann, ist das Bewundernswerte für die Freundinnen. «Bride, darf ich dir Steve vorstellen, er ist Anwalt bei –» «Ich gehe jetzt mit diesem tollen Filmproduzenten –» «Joey ist Finanzvorstand von –» «Mein Freund hat eine Rolle in dieser Fernsehserie, die –»

Ich hätte es nicht tun sollen – ihm zu vertrauen. Ich schüttete ihm mein Herz aus; er erzählte mir nichts sich. Ich redete; er hörte zu. Dann verließ er mich, ne ein einziges Wort. Es war eine Verhöhnung, rte mich von sich, genau wie Sofia Huxley. beiden hatte von Ehe gesprochen, aber meinen Gefährten gefunden zu haben.

«Du bist nicht die Frau» war das Letzte, was ich zu hören erwartet hatte.

Die Post von Tagen, nein, Wochen füllt den Korb, der auf dem Tisch neben der Wohnungstür steht. Nachdem ich im Kühlschrank nach etwas zum Knabbern gesucht habe, beschließe ich, mir den Stapel vorzunehmen – alles auszusortieren, was nur Spendenaufruf, anscheinend von jeder wohltätigen Stiftung des ganzen Erdballs, oder das Versprechen eines Werbegeschenks von Banken, Läden und scheiternden Unternehmen ist. Nur zwei richtige Briefe sind dabei. Einer stammt von Sweetness. «Hi, Honey» und dann das übliche Gewäsch über Arztbesuche, gefolgt von dem nie fehlenden Hinweis auf eine finanzielle Klemme. Der andere ist an Booker Starbern adressiert und kommt von einem gewissen Salvatore Ponti aus der Siebzehnten Straße. Ich reiße ihn auf und finde eine Mahnung, achtundsechzig Dollar, noch nicht bezahlt. Ich weiß nicht, ob ich die Rechnung wegschmeißen oder bei Mr. Ponti nachfragen soll, was er für achtundsechzig Dollar getan hat. Ehe ich mich entscheiden kann, klingelt das Telefon.

«Hey, wie fandest du's gestern? Toller Abend, hm? Du warst ein Knaller, wie immer.» Zwischen den Wörtern schlürft Brooklyn an einem Getränk. Einem kalorienfreien, energieverleihenden, schlankheitsfördernden, künstlich aromatisierten, farbstoffhaltigen Irgendwas. «War die Party danach nicht einfach Bombe?»

«Yeah», erwidere ich.

«Du klingst nicht ganz überzeugt. Hat dieser Typ, mit dem du gegangen bist, sich als Mister Niete oder Mister Superman entpuppt? Wer ist das überhaupt?»

Ich gehe zum Nachttisch und schaue noch mal auf den Zettel. «Phil Sowieso.»

«Und? Wie war er? Ich bin noch mit Billy zu Rocco's gegangen und dann –»

«Brooklyn, ich muss hier raus. Mal irgendwohin.»

«Was meinst du? Jetzt gleich?»

«Haben wir nicht mal von einer Kreuzfahrt gesprochen?» Meine Stimme klingt weinerlich, ich weiß.

«Haben wir, klar, aber erst, nachdem YOU, GIRL vom Stapel gelaufen ist. Die Werbemuster sind geliefert worden, und die Jungs von der Agentur haben wirklich coole Ideen für die Anzeigen –»

Sie rattert ihre Punkte herunter, bis ich sie unterbreche. «Hör zu. Ich ruf dich später zurück. Ich bin ein wenig verkatert.»

«Sag bloß!» Brooklyn kichert.

Als ich auflege, ist mein Entschluss gefasst: Ich werde bei Mr. Ponti nachforschen.

SOFIA

Es ist mir verboten, mich Kindern zu nähern. Häusliche Altenpflege war der erste Job, den ich bekam, nachdem ich auf Bewährung entlassen worden war. Er passte mir gut, weil die Dame, um die ich mich kümmerte, nett war. Sogar dankbar für meine Hilfe. Und es gefiel mir, vom Lärm und den vielen Menschen wegzukommen. Decagon ist laut, vollgepackt mit misshandelten Frauen und Wärtern, denen alles scheißegal ist. In meiner ersten Woche in Brookhaven, ehe ich nach Decagon verlegt wurde, sah ich eine Gefangene, die mit einem Gürtel auf den Hinterkopf geschlagen wurde, nur weil sie den Teller mit ihrem Essen auf den Boden geschmissen hatte. Der Wärter zwang sie, sich auf alle viere niederzulassen und direkt vom Boden zu essen. Sie versuchte es, aber sie musste sich übergeben und wurde schließlich auf die Krankenstation gebracht. Das Essen war gar nicht so schlecht gewesen – Maisbrei und Büchsenfleisch. Wahrscheinlich war sie einfach nur krank, eine Grippe oder so was. Decagon ist besser als Brookhaven, wo sie sich einen Spaß daraus gemacht haben, uns bei jedem Rein und Raus bis auf die Unterwäsche zu filzen. Aber auch in dem zweiten Knast lief immer irgendein Drama zwischen Wärtern und Gefangenen ab, und wenn mal nicht, wenn wir an unserer Arbeit saßen, dann gingen Lärm und Gekeife und Kämpfe und Gelächter und Geschrei immer weiter. Selbst das Licht-Aus am Abend dämpfte den Lärmpegel nur vom Gebrüll zum Gebell. So kam es mir jedenfalls vor. Es war hauptsächlich die Ruhe, die mir an meiner Arbeit als Pflegehelferin gefiel. Nach einem Monat musste ich allerdings gehen, weil die Enkelkinder meiner Patientin an den Wochenenden zu Besuch kamen. Mein Bewährungshelfer suchte mir eine ähnliche Stelle, nur ohne Kinder – ein Pflegeheim, das sich zwar nicht Hospiz nannte, aber eigentlich eins war. Erst hatte ich keine Lust, wieder in einer Institution und inmitten so vieler anderer Menschen zu arbeiten, noch dazu solchen, denen ich gehorchen musste. Aber ich gewöhnte mich daran, weil meine Vorgesetzten mich nicht schikanierten, obwohl auch sie wieder Uniformen trugen. Alles, was mich an das Gefängnis erinnerte oder so ähnlich aussah, ging mir schwer auf den Geist.

Irgendwie habe ich diese fünfzehn Jahre überlebt. Ich frage mich, ob mir das gelungen wäre, hätte es nicht die Basketball-Turniere am Wochenende und meine Zellengenossin Julie gegeben, meine einzige Freundin. Während der ersten zwei Jahre wurden wir beide, weil wir wegen Kindesmisshandlung einsaßen, in der Cafeteria geschnitten. Wir wurden mit Flüchen überschüttet und angespuckt, und die Wärter haben immer wieder unsere Zelle auf den Kopf gestellt. Aber nach einer Weile verloren sie uns mehr oder minder aus den Augen. Wir waren der Bodensatz in diesem Sumpf von Mörderinnen, Brandstifterinnen, Drogendealerinnen, revolutionsbeseelten Bombenschmeißerinnen und Geisteskranken.

Kleinen Kindern etwas anzutun war die Vorstellung, die sie von «ganz unten» hatten – was ein Hohn ist, denn welcher Drogendealer kümmert sich darum, wen er vergiftet oder wie alt seine Opfer sind? Welcher Brandstifter holt erst die Kinder aus dem Haus, ehe er Feuer legt? Und welcher Sprengstoffattentäter weiß genau, wen seine Bombe trifft? Wer aber bezweifelt haben sollte, wie sehr sie mich und Julie hassten, brauchte nur einen Blick auf all die Bekundungen von Kinderliebe zu werfen, die die Wände pflasterten – sämtliche Zellen waren mit Bildern von Babys und größeren Kindern dekoriert, und es spielte dabei keine Rolle, um wessen Nachwuchs es sich jeweils handelte.

Julie saß ein, weil sie ihre behinderte Tochter erstickt hatte. Das Foto des kleinen Mädchens hing an der Wand über ihrem Bett. Molly. Großer Kopf, schlaffer Mund, die bezauberndsten blauen Augen der Welt. Bei Nacht und bei jeder anderen Gelegenheit flüsterte Julie dem Foto von Molly etwas zu. Keine Bitte um Vergebung – sie erzählte ihrer toten Tochter Geschichten, meistens Märchen, in denen immer Prinzessinnen vorkamen. Ich hab's ihr nie gestanden, aber ich habe immer gerne mitgehört. Konnte dann besser einschlafen. Wir arbeiteten in der Schneiderei, nähten Arbeitsuniformen für eine Medizinfirma, die uns zwölf Cent pro Stunde bezahlte. Als meine Finger zu steif wurden, um mit der Maschine klarzukommen, wurde ich in die Küche versetzt, wo ich alles fallen ließ, was ich nicht vorher schon hatte anbrennen lassen, sodass man mich an die Nähmaschine zurückschickte. Aber Julie war nicht mehr da. Sie lag auf der Krankenstation, nachdem sie versucht hatte, sich aufzuhängen. Sie wusste nicht, wie das geht. Einige der grausamsten Insassinnen waren gern bereit, es ihr zu zeigen. Als sie wieder in unseren Kreis zurückkehrte, war sie eine andere – still, traurig, verschlossen. Ich vermute, es lag an der Gruppenvergewaltigung durch vier andere Frauen, später dann an ihrer Liebesversklavung durch eine ältere Frau, die ihr Ehemann namens Lover war und mit der sich niemand anzulegen wagte. Mich mochte niemand gern genug, weder beim Wachpersonal noch unter den Gefangenen, um mehr als eine gelegentliche schnelle Nummer zu verlangen. Ich war eine Kämpferin und wohl auch viel zu groß, fast eine Riesin unter meinen Mitgefangenen. Na prima, dachte ich – je weniger Schleckerei, desto besser.

In all den Jahren bekam ich genau zwei Briefe von Jack, meinem Ehemann. Der erste war ein Meine-Liebste-Brief, der zu einer Litanei von Klagen wurde à la «hier werde ich (geschwärztes Wort)». Geschlagen? Gevögelt? Gefoltert? Welches andere Wort würde der Postzensor beanstanden? Der zweite Brief begann so: «Was zum Teufel hast du dir dabei gedacht, du Schlampe?» Hier war nichts geschwärzt. Ich schrieb nicht zurück. Meine Eltern schickten mir Päckchen zu Weihnachten und zu meinem Geburtstag: nahrhafte Schokoriegel, Tampons, religiöse Schriften und Socken. Aber sie schrieben nie, sie riefen nie an, sie kamen nie zu Besuch. Was mich nicht überraschte. Man konnte es ihnen sowieso nie recht machen. Zu Hause lag die Familienbibel auf einem Lesepult gleich neben dem Klavier, auf dem meine Mutter nach dem Abendessen Kirchenlieder spielte. Sie haben es nie ausgesprochen, aber ich vermute, dass sie heilfroh waren, mich los zu sein. In ihrer Welt von Gott und Teufel kommt man nicht schuldlos ins Gefängnis.

Ich gehorchte meistens und tat, was man von mir verlangte. Und ich las eine Menge. Das war das einzige Gute an Decagon – die Bibliothek. Weil die öffentlichen Bibliotheken keine Bücher mehr brauchen oder wollen, verschenken sie ihre Bestände an Gefängnisse und Altenheime. In meiner Familie wurde kein Buch geduldet, das nicht Bibel oder Erbauungsschrift war. Als Lehrerin hielt ich mich für ziemlich belesen, obwohl ich im Pädagogikstudium keine schöne Literatur auf meinen Leselisten hatte. Erst im Gefängnis bekam ich zum ersten Mal die *Odyssee* oder Jane Austen in die Finger. Von beidem ist nicht viel hängen geblieben, aber es war eine willkommene Ablenkung, sich mit Finten und Fluchten und der Frage zu beschäftigen, wer wen heiratet.

Im Taxi, am Tag meiner Entlassung, fühlte ich mich wie ein Kind, das seinen ersten Blick auf die Welt wirft – Häuser inmitten von Rasenflächen, so grün, dass meine Augen schmerzten. Die Blumen schienen gemalt zu sein, denn ich konnte mich nicht erinnern, dass es Rosen in diesem Lavendelton gab oder Sonnenblumen, die so strahlend leuchteten. Alles kam mir nicht nur modernisiert, sondern brandneu vor. Als ich das Fenster herunterfahren ließ, um die frische Luft zu kosten, verfing sich der Wind in meinen Haaren, peitschte sie nach hinten und zur Seite. In diesem Augenblick wusste ich, dass ich frei war. Der Wind. Der Wind, der durch mein Haar fuhr, es streichelte, es küsste.

Am gleichen Tag klopfte eine der Schülerinnen, die gegen mich ausgesagt hatten – inzwischen alle erwachsen –, an meine Tür. Ich saß in einem schäbigen Motelzimmer und hatte nur eins im Kopf – endlich einmal völlig allein zu essen und zu schlafen. Keine Zänkereien, kein Sexgestöhne, kein lautes Schluchzen oder Schnarchen aus den Nachbarzellen. Ich glaube, nur wenige wissen Stille zu schätzen und erkennen, wie nahe sie der Musik ist. Ruhe macht manche sogar nervös, oder sie fühlen sich einsam. Nach fünfzehn Jahren Dauerlärm war ich hungriger nach Stille als nach Essen. So schlang ich alles in mich hinein, würgte es wieder heraus und war gerade im Begriff, in einer tiefen Einsamkeit zu versinken, als ich das laute Pochen gegen die Tür hörte.

Ich wusste nicht, wer sie war, obwohl mir irgendetwas an ihren Augen bekannt vorkam. In einer anderen Welt wäre ihre schwarze Haut bemerkenswert gewesen, aber nach all den Jahren in Decagon war das anders. Nach fünfzehn Jahren in hässlichen flachen Tretern war ich mehr an ihren modischen Schuhen interessiert – Krokodil- oder Schlangenleder, vorne spitz und die Absätze so hoch, dass man an die Stelzen von Zirkusclowns denken konnte. Sie sprach, als wären wir Freundinnen, aber ich wusste nicht, wovon sie eigentlich redete oder was sie wollte, bis sie mich mit Geld überschüttete. Sie war eine der Schülerinnen, die gegen mich aussagten, eine von denen, die mitgeholfen haben, mich umzubringen, mir mein Leben wegzunehmen. Wie konnte sie glauben, dass Geld fünfzehn Jahre eines Lebens ungeschehen machen würde, das mehr Tod als Leben war? Ich rastete aus. Meine Fäuste sprachen, und ich hatte das Gefühl, mit dem Teufel zu kämpfen. Genau dem, den mir meine Mutter immer beschrieben hatte – verführerisch, aber grundböse. Sobald ich sie rausgeschmissen und mich ihrer Satansfratze entledigt hatte, rollte ich mich auf dem Bett zu einer Kugel zusammen und wartete auf die Polizei. Wartete und wartete. Sie kam nicht. Wenn Polizisten die Tür aufgebrochen hätten, wären sie vor einer Frau gestanden, die nach fünfzehn Jahren des Sich-Behauptens endlich zusammengebrochen war. Zum ersten Mal nach all diesen Jahren weinte ich. Weinte und weinte und weinte, bis ich einschlief. Als ich erwachte, rief ich mir ins Gedächtnis, dass es die Freiheit nicht gratis gibt. Man muss um sie kämpfen. Für sie arbeiten und sich darum kümmern, dass man mit ihr zurechtkommt.

Wenn ich jetzt darüber nachdenke, hat mir das schwarze Mädchen einen Gefallen getan. Nicht den idiotischen, den sie mir erweisen wollte, nicht mit dem Geld, das sie mir anbot, sondern durch ein Geschenk, mit dem keine von uns beiden rechnen konnte: der Freisetzung von Tränen, die fünfzehn Jahre unvergossen geblieben waren. Der Korken war gezogen. Der Schmutz war weg. Jetzt bin ich gereinigt und gerüstet.

ZWEITER TEIL

Das Taxi war die bessere Lösung, denn in diesem Viertel einen Jaguar zu parken wäre nicht nur tollkühn gewesen, sondern dumm. Dass Booker diese Ecke der Stadt aufgesucht hatte, verblüffte Bride. Warum hier?, fragte sie sich. Musikläden gab es schließlich auch in weniger bedrohlichen Vierteln, wo keine tätowierten Männer und keine gespenstergleichen Gothic-Mädchen an den Ecken herumlungerten oder auf dem Bordstein hockten.

«Tut mir leid, Lady, hier kann ich nicht auf Sie warten», sagte der Taxifahrer, kaum dass die Adresse, die sie ihm genannt hatte, erreicht war, und Bride beeilte sich, die Tür von Salvatore Pontis «Leihhaus und Reparaturpalast» zu erreichen. Drinnen stellte sie rasch fest, dass das Wort «Palast» weniger ein Fehlgriff war als eine Frechheit. In staubbedeckten Glasvitrinen drängten sich Reihen von Uhren und Schmuckstücken. Hinter dem Tresen kam ein Mann auf sie zu, gutaussehend in der Art, die älteren Männern zu Gebote steht. Mit seinem Juweliersblick musterte er alles, was er von seiner Kundin zu Gesicht bekam.

«Mister Ponti?»

«Nenn mich Sally, Schätzchen. Was kann ich für dich tun?»

Bride wedelte mit dem Mahnschreiben und erklärte,

dass sie gekommen sei, um die Rechnung zu begleichen und abzuholen, was auch immer repariert worden war. Sally sah sich die Mahnung an. «Ah, ja», sagte er. «Daumenring und Mundstück. Hab ich hinten. Komm mit.»

Zusammen begaben sie sich in ein Hinterzimmer, wo Gitarren und Blechblasinstrumente an den Wänden hingen und alle möglichen Metallteile die Filzdecke eines Tisches bedeckten. Der Mann, der dort arbeitete, blickte von seiner Lupe auf, um erst Bride und dann die Mahnung in Augenschein zu nehmen. Er ging zu einem Regal und holte eine Trompete heraus, die in ein purpurfarbenes Tuch eingeschlagen war.

«Den Haltering für den kleinen Finger hat er nicht erwähnt», sagte der Mechaniker, «aber ich hab ihm trotzdem einen drangemacht. Ein heikler Hund war das, wirklich.»

Bride nahm das Instrument, von dem sie nicht gewusst hatte, dass Booker es besaß oder spielte. Hätte sie sich dafür interessiert, dann wäre ihr klar gewesen, dass das dunkle Grübchen in seiner Oberlippe davon stammte. Sie gab Sally den Rechnungsbetrag.

«Aber trotzdem nett und ganz schön gewitzt für einen, der vom Land kommt», fuhr der Mann fort.

«Vom Land?» Bride runzelte die Stirn. «Er kommt nicht von auswärts. Er lebt hier, in der Stadt.»

«Tatsächlich? Mir hat er gesagt, dass er aus irgendeinem Nest im Norden kommt», sagte Sally.

«Whiskey», sagte der Mechaniker.

«Was soll das heißen?», fragte Bride.

«Komisch, nicht? Wer könnte einen Ort, der Whiskey heißt, schon vergessen. Ich bestimmt nicht.»

Die Männer brachen in prustendes Gelächter aus und begannen, weitere kuriose Ortsnamen aufzuzählen: Intercourse, Pennsylvania; No Name, Colorado; Hell, Michigan; Elephant Butte, New Mexico; Pig, Kentucky; Tightwad, Missouri. Als sie von ihrer wechselseitigen Belustigung endlich genug hatten, wandten sie sich wieder ihrer Kundin zu.

«Schau, hier», sagte Sally. «Er hat uns noch eine weitere Adresse gegeben, bei jemand anderem.» Er fingerte durch seine Rollkartei. «Ha! Ein gewisser Olive. Ein Q. Olive in Whiskey, California.»

«Keine Straße und Hausnummer?»

«Na hör mal, Süße. Wer sagt denn, dass es in einem Kaff, das Whiskey heißt, überhaupt Straßen gibt?» Sally amüsierte sich blendend und schien das hübsche schwarze Mädchen möglichst lange in seinem Laden halten zu wollen. «Wildwechsel vielleicht», setzte er hinzu.

Bride ließ sich nicht aufhalten und verließ den Laden schnell, nur um genauso schnell festzustellen, dass auf dieser Straße keine Taxis unterwegs waren. Sie musste noch einmal zurück und Sally bitten, ihr eins zu rufen.

SOFIA

Ich sollte traurig sein. Daddy hat meinen Bewährungshelfer angerufen, um mir ausrichten zu lassen, dass Mommy gestorben ist. Ich habe um einen Vorschuss für ein Ticket gebeten, damit ich zur Beisetzung fliegen kann, weil ich davon ausgehe, dass die Behörde nichts dagegen hat. Ich erinnere mich an jeden Quadratzentimeter der Kirche, in der die Trauerfeier stattfinden soll. Die hölzernen Buchstützen für die Bibeln auf den Rückenlehnen der Bänke, das grünliche Licht aus dem Fenster hinter Reverend Walkers Kopf. Und der Geruch – Parfüm, Tabak und noch etwas anderes. Die Gottesfurcht, vielleicht. Sauber, rechtschaffen und sehr gut für dich, wie die Esszimmerecke im Mommys Haus. Die blauweiße Tapete dort habe ich mit der Zeit besser gekannt als mein eigenes Gesicht. Rosen, Lilien, Klematis in allen Schattierungen von Blau vor einem schneeweißen Hintergrund. Manchmal musste ich zwei Stunden lang da stehen. Eine Strafpredigt ohne Worte, eine Sühne für etwas, an das ich mich heute nicht erinnere und vielleicht selbst damals nicht erinnert habe. In die Hose gemacht? «Ringen» gespielt mit dem Nachbarssohn? Ich konnte es nicht erwarten, aus Mommys Haus rauszukommen, und so heiratete ich den ersten Mann, der mich fragte. Die zwei Jahre mit ihm waren genau das Gleiche – Gehorsam,

Schweigen, eine größere blauweiße Ecke. Das Unterrichten war das Einzige, was mir Freude machte.

Ich muss aber zugeben, dass Mommys Regeln, ihre strikte Disziplin, mir geholfen haben, in Decagon zu überleben. Bis zum Tag eins meiner Strafaussetzung, als ich sie brach. Da habe ich wirklich Mist gebaut. Ich habe das schwarze Mädchen, das gegen mich ausgesagt hatte, krankenhausreif geschlagen. Sie zu verprügeln, ihr Fußtritte und Fausthiebe zu versetzen, hat mir mehr Freiheit geschenkt als die Entlassung. Ich hatte das Gefühl, die blauweiße Tapete zu zerfetzen, empfangene Schläge zurückzugeben und den Teufel, den Mommy so gut kannte, aus meinem Leben zu vertreiben.

Ich wüsste gern, was mit ihr passiert ist. Warum sie nicht die Polizei gerufen hat. Es war köstlich, in ihre Augen zu blicken, die starr waren vor Angst. Am nächsten Tag war mein ganzes Gesicht geschwollen von stundenlangem Heulen, als ich morgens die Tür öffnete. Auf dem Pflaster sah ich dünne Streifen von Blut und gleich daneben einen Perlenohrring. Vielleicht gehörte er ihr, vielleicht auch nicht. Jedenfalls habe ich ihn behalten. Er ist noch immer in meiner Geldbörse – als was? Als ein Erinnerungsstück? Wenn ich meine Patienten versorge, ihnen die Prothesen in die Münder zurückschiebe, ihre Hinterteile oder Schenkel massiere, um dem Wundliegen vorzubeugen, oder ihre Knitterhaut vor dem Eincremen mit dem Schwamm abtupfe, habe ich die Vorstellung, das schwarze Mädchen wieder ganz zu machen, zu heilen, ihm zu danken. Für die Befreiung.

Tut mir leid, Mommy.

Sonne und Mond teilten sich den Horizont in distanzierter Freundschaft, unbeeindruckt von der Gegenwart des anderen. Bride hatte kein Auge für das Himmelsschauspiel, dieses Maskentreiben am Firmament. Der Rasierpinsel und der Rasierer steckten in der Trompetentasche, die im Kofferraum lag. Bride dachte über die beiden Teile nach, bis sie von der Musik im Autoradio abgelenkt wurde. Nina Simone war zu bedrängend, sie zwang Bride, an etwas anderes zu denken als an sich selbst. Sie wechselte den Sender zu leichtverdaulichem Softjazz, der besser zu dem ledernen Luxus passte, der sie umgab. Und er legte einen dämpfenden Teppich über die Ängste, die sie im Zaum halten musste. Nie zuvor hatte sie etwas so Verwegenes in Angriff genommen. Der Grund für diese Spurensuche war nicht Liebe, das wusste sie. Es war auch nicht Verbitterung, sondern eher ihr Verletztsein, das sie ins Unbekannte aufbrechen ließ, um den einen Menschen aufzuspüren, dem sie einmal vertraut, der ihr ein Gefühl der Sicherheit, der Zugehörigkeit, gegeben hatte. Ohne ihn war die Welt mehr als nur verwirrend – sie war leer, kalt, regelrecht feindselig. Genau wie die Stimmung im Haus ihrer Mutter, wo sie nie gewusst hatte, was sie sagen oder tun oder welche Regel jetzt gelten sollte. Durfte der Löffel in der Cornflakesschüssel liegenbleiben oder gehörte er auf den Tisch? Sollte sie die Schuhe mit einer Schleife oder einem Doppelknoten schnüren? Die Kniestrümpfe zum Knöchel runterrollen oder an den Waden hochziehen? Was waren die Regeln, und wann änderten sie sich? Als sie bei ihrer ersten Periode einen Blutfleck ins Bettlaken machte, gab ihr Sweetness eine Ohrfeige und stieß sie in eine Wanne mit kaltem Wasser. Was ihr den Schock erträglich machte, war die Befriedigung, berührt und behandelt zu werden von einer Mutter, die körperlichen Kontakt mied, wo sie nur konnte.

Wie konnte er das tun? Warum sollte er sie so zurücklassen, ohne jeden Trost, ohne seelischen Halt? Gut, ihre erste Reaktion auf sein Verschwinden war albern gewesen, eine Dummheit. Die höhnische Pose einer Drittklässlerin ohne eine Ahnung vom Leben.

Er war Teil des Schmerzes – nicht der Erlöser, und seinetwegen war ihr Leben nun ein Scherbenhaufen, bestehend aus den Stücken, die sie zusammengeheftet hatte: ein wenig Glamour, Vollmacht in einem spannenden, sogar kreativen Beruf, sexuelle Freiheit und, was am wichtigsten war, einem Panzer, der sie vor allzu heftigen Gefühlen, sei es Wut, Verlegenheit oder Liebe, schützen sollte. Ihre Reaktion auf den körperlichen Angriff war nicht weniger feige gewesen als jene auf die plötzliche, unerklärte Trennung. Erstere hatte Tränen hervorgerufen, Letztere ein achselzuckendes «Ja, und?». Von Sofia niedergeschlagen zu werden war wie die Ohrfeige von Sweetness, allerdings ohne die Freude an der Berührung. Beides bestätigte ihr nur, wie hilflos sie angesichts unbegreiflicher Grausamkeiten war.

Zu schwach und zu ängstlich, um sich gegenüber

Sweetness, dem Vermieter oder Sofia Huxley zu behaupten, blieb ihr jetzt als letzte Chance, für sich einzustehen, die Konfrontation mit diesem ersten Mann, dem sie sich geöffnet hatte, ohne zu merken, dass er sich nur über sie lustig machte. Das würde Mut erfordern, aber ihre beruflichen Erfolge schienen ihr zu bestätigen, dass sie davon reichlich hatte. Mut, und exotische Schönheit dazu.

Die beiden Männer im Laden hatten gesagt, er komme aus einem Ort namens Whiskey. Vielleicht war er dorthin zurückgekehrt. Vielleicht auch nicht. Er konnte dort mit Miss Q. Olive zusammenleben, einer anderen Frau, die er nicht wollte, oder er konnte weitergezogen sein. Wie auch immer, Bride würde ihn aufspüren, ihn zu einer Erklärung zwingen, warum er sie so schlecht behandeln zu dürfen glaubte und, zweitens, was er mit «nicht die Frau» gemeint hatte. Wen denn? Doch nicht die hier? Die in einem perlmuttweißen Kaschmirkleid und Stiefeln aus mondfarben gebleichtem Kaninchenfell am Steuer eines Jaguars saß? Die eine Schönheit war – was jeder fand, der Augen im Kopf hatte – und eine eigene Abteilung in einem Konzern mit Milliardenumsatz regierte? Und bereits über neue Produktlinien nachdachte, falsche Wimpern zum Beispiel. Denn neben schönen Brüsten sehnte sich jede Frau (die seine oder nicht) nach längeren, kräftigeren Wimpern. Eine Frau konnte dünn wie eine Kobra und halbverhungert sein, aber wenn sie Möpse wie Pampelmusen und Augen wie ein Waschbär hatte, war sie plemplem vor Glück. Genau. Dem würde sie sich gleich nach dieser Reise widmen.

Der Highway wurde immer leerer, je weiter sie nach Osten und dann nach Norden kam. Sie stellte sich vor, dass die Straße bald von Wäldern gesäumt sein würde, die sie, weil Bäume das immer tun, neugierig beäugten. In wenigen Stunden müsste sie im North-Valley-Gebiet sein: Holzfällercamps, Dörfer, nicht älter als sie selbst, unbefestigte Straßen, so alt wie die hier siedelnden Stämme. Sie beschloss, nach einem Diner Ausschau zu halten, solange sie noch auf dem Highway war, damit sie etwas essen und sich frisch machen konnte, ehe sie in unwirtlichere Regionen vorstieß. Eine Anzahl von Hinweisschildern, auf einer einzigen Reklametafel versammelt, warb für eine Tankstelle, vier Esslokale und zwei Übernachtungsgelegenheiten. Drei Meilen weiter bog Bride vom Highway ab und in die Oase ein. Der Diner, für den sie sich entschied, war fleckenlos und menschenleer. Der Geruch nach Bier und Tabak war so wenig frisch wie die gerahmte Südstaatenfahne, die sich neben der offiziellen amerikanischen Flagge breitmachte.

«Yeah?» Die Kellnerin hinter der Theke machte große Augen und ließ ihre Blicke wandern. Bride war es gewohnt, so gemustert zu werden, auch der dazugehörige offene Mund war ihr nichts Neues. Er erinnerte sie an ihre ersten Schultage und die Reaktionen, die sie damals ausgelöst hatte – purer Schock, als hätte sie drei Augen.

«Kann ich ein weißes Omelett haben? Ohne Käse.»

«Weiß? Sie meinen, ohne Ei?»

«Nein. Ohne Dotter.»

Bride aß so viel, wie sie von der Hinterwäldlerversion einer leichtverdaulichen Speise hinunterbrachte, dann fragte sie nach der Toilette. Sie ließ einen Fünfdollarschein auf dem Tresen liegen, damit die Kellnerin nicht dachte, dass sie sich aus dem Staub machen wollte. Auf der Toilette vergewisserte sie sich, dass es immer noch Grund gab, über das Verschwinden der Schamhaare beunruhigt zu sein. Als sie dann vor dem Spiegel über dem Waschbecken stand, fiel ihr auf, dass der Ausschnitt ihres Kaschmirkleids verrutscht war. Er hing so weit zur Seite, dass ihre linke Schulter unbedeckt blieb. Als sie ihn geraderückte, stellte sie fest, dass der schiefe Ausschnitt seine Ursache weder in nachlässiger Haltung noch in einem Fabrikationsfehler hatte. Das Oberteil des Kleides hing so schlaff an ihr, als hätte sie es zwei Nummern zu groß gekauft und bemerke das erst jetzt. Aber noch, als sie zu dieser Reise aufbrach, hatte das Kleid gepasst wie angegossen. Vielleicht, so überlegte sie, war mit dem Material oder dem Schnitt etwas nicht in Ordnung – andernfalls verlor sie an Gewicht, und zwar rapide. Was aber kein Problem sein sollte. So etwas wie «zu schlank» gab es nicht in ihrer Branche. Sie musste in Zukunft einfach besser aufpassen beim Kleiderkauf. Ein gruseliger Gedanke an die Veränderung ihrer Ohrläppchen blitzte kurz auf, aber sie wagte es nicht, ihn mit anderen Wandlungen ihres Körpers in Verbindung zu bringen.

Während sie das Wechselgeld einsteckte und sich überlegte, wie viel Trinkgeld angemessen war, erkundigte Bride sich über den Weg nach Whiskey.

«Is nich mehr weit», sagte die glubschäugige Kellnerin mit einem leicht debilen Grinsen. «Hundert Meilen, vielleicht hundertfünfzig. Schaffen Sie, eh's finster wird.»

Das nennen diese Provinzprolos «nicht weit»?, wunderte sich Bride. Einhundertundfünfzig Meilen? Sie tankte voll, ließ den Reifendruck prüfen und folgte der Schleife, die sie von der Oase weg und wieder auf den

Highway führte. Entgegen der Versicherung der Kellnerin war es stockdunkel, als sie auf die Abzweigung stieß, die nicht nummeriert, aber mit einem Straßennamen versehen war – Whiskey Road.

Zumindest war die Straße gepflastert, zwar schmal und kurvenreich, aber immerhin gepflastert. Vielleicht war das der Grund, warum sie sich auf ihr Fernlicht verließ und aufs Gas stieg. Sie sah es nicht kommen. In einer scharfen Kurve kam der Wagen von der Straße ab und krachte gegen einen Baum, der der älteste und größte dieser Welt zu sein schien, und unten, rund um den Stamm, von Gestrüpp umgeben war. Bride kämpfte gegen den Airbag, fuchtelte so hektisch herum, dass sie ihren zwischen Bremspedal und verbeulter Tür eingeklemmten Fuß erst bemerkte, als sie beim Versuch, ihn freizubekommen, vor Schmerz fast ohnmächtig wurde. Es gelang ihr, den Sicherheitsgurt zu lösen, aber weiter kam sie nicht. Verkrampft lag sie im Fahrersitz und versuchte, den linken Fuß aus dem eleganten Kaninchenfellstiefel zu befreien. Ihre Bemühungen waren ebenso schmerzhaft wie vergeblich. Sie wand und streckte sich, bis es ihr gelang, das Handy zu greifen, aber das Display war blank, kein Netz. Dass in der Dunkelheit ein anderes Auto vorbeikommen würde, war unwahrscheinlich, aber nicht ausgeschlossen, und so drückte sie auf die Hupe und hoffte verzweifelt, damit nicht nur Eulen zu erschrecken. Sie erschreckte nichts und niemanden, denn die Hupe blieb stumm. Sie hatte keine andere Wahl, als für den Rest der Nacht liegen zu bleiben und sich abwechselnd zu ängstigen, zu ärgern, vor Schmerz zu krümmen oder der Weinerlichkeit zu ergeben. Der Mond zeigte ein zahnloses Grinsen, und selbst die Sterne, die sie hinter einem wie ein würgender Arm über die Windschutzscheibe gefallenen Ast erkennen konnte, flößten ihr Furcht ein. Der Himmel, soweit sichtbar, war ein dunkler Teppich voller blitzender Messerspitzen, die auf sie gerichtet waren und nur aufs Zustechen warteten. Sie fühlte sich wund von der Welt, ausgeliefert an übelwollende Mächte, die die mutige Abenteurerin in einen Flüchtling verwandelt hatten.

Die Sonne deutete ihren Aufgang nur an, reizte den Himmelsrand mit einem aprikosenfarbenen Schimmer, der erst ein Vorschein ihres Glanzes war. Nach einer qualvollen Nacht, eingeklemmt im Wagen und mit schmerzendem Bein, regte sich bei Bride mit der einsetzenden Dämmerung neue Hoffnung. Ein Motorradfahrer ohne Helm, eine Lkw-Ladung Forstarbeiter, ein Junge auf einem Mountainbike, ein Bärenjäger, ein Serienvergewaltiger – irgendjemand musste doch vorbeikommen. Während sie sich ausmalte, wer oder was sie retten könnte, tauchte ein kleines, knochenbleiches Gesicht vor dem Fenster auf der Beifahrerseite auf. Ein Mädchen, noch sehr jung, mit einer kleinen schwarzen Katze im Arm blickte sie mit den grünsten Augen an, die Bride je gesehen hatte.

«Hilfe! Hilf mir. Bitte!» Bride hätte geschrien, aber ihr fehlte die Kraft.

Das Mädchen starrte sie lange, sehr lange an, dann drehte es sich um und verschwand.

«O Gott», flüsterte Bride. Hatte sie Halluzinationen? Wenn nicht, dann war das Mädchen doch sicher Hilfe holen gegangen. Niemand, nicht einmal Schwachsinnige oder genetisch Gewaltbereite würden sie so im Stich lassen. Oder doch? Plötzlich erschienen ihr die umstehenden Bäume, die aus der Dämmerung hervortraten, viel furchteinflößender, als sie es im Dunkel gewesen waren. Und die Stille war erschreckend. Sie beschloss, den Motor zu starten und den Jaguar im Rückwärtsgang aus dieser Falle zu jagen, egal, was ihr Fuß dazu sagen würde. Sie hatte gerade den Zündschlüssel gedreht und hörte das wimmernde Geräusch eines machtlosen Anlassers, als ein Mann auftauchte. Bärtig, mit langen blonden Haaren und schwarzen Augenschlitzen. Vergewaltigung? Mord? Bride zitterte, als sie sah, wie er sie mit zusammengekniffenen Augen durch das Seitenfenster musterte. Dann ging er wieder. Was Bride wie Stunden vorkam, waren nur wenige Minuten, ehe er mit einer Säge und einer Brechstange zurückkehrte. Schluckend und starr vor Angst beobachtete sie, wie er den Ast auf der Kühlerhaube absägte und dann, nachdem er einen Keil aus der hinteren Hosentasche gezogen hatte, die Fahrertür aufhebelte und -stemmte. Brides Schmerzensschrei erschreckte das grünäugige Mädchen, das dabeistand und das Geschehen mit offenem Mund verfolgte. Vorsichtig zog der Mann Brides Fuß zwischen Bremspedal und gestauchter Tür hervor. Seine Haare hingen ihm vors Gesicht, als er sie behutsam aus dem Sitz hob. Schweigend, ohne Fragen zu stellen oder etwas Tröstendes zu sagen, verbesserte er seinen Griff und trug Bride, das smaragdäugige Mädchen im Gefolge, auf einem Sandweg eine halbe Meile weit zu einem Gebäude, das wie ein Lagerschuppen aussah und sehr gut einem Killer als Unterschlupf dienen konnte. In seinen Armen gefangen und von nicht nachlassenden Schmerzen gepeinigt, wiederholte Bride immer wieder:

«Tu mir nicht weh, tu mir nicht weh», ehe sie das Bewusstsein verlor.

«Warum ist ihre Haut so schwarz?»
 «Aus dem gleichen Grund, warum deine weiß ist.»
 «Ach, du meinst, wie bei meinem Kätzchen?»
 «Genau. Ist so geboren worden.»
 Bride zog Luft durch die Zähne. Was für ein lockeres Gespräch. Sie lag lauschend unter einer Navajo-Decke und tat so, als schliefe sie, während der auf einem Kissen hochgelagerte, noch immer im Stiefel steckende Fuß unvermindert schmerzte. Ihr Retter hatte Bride zu dieser Behausung gebracht und, statt sie zu vergewaltigen oder zu quälen, seine Frau gebeten, sich um sie zu kümmern, während er mit dem Pick-up unterwegs war. Er könne nichts garantieren, sagte er, aber der einzige Arzt weit und breit sei um diese Zeit vielleicht noch erreichbar. Er glaube nicht, dass es nur eine Verstauchung sei, sagte der bärtige Mann. Der Knöchel könne auch gebrochen sein. Nachdem es keinen Handyempfang gab, blieb ihm nichts anderes übrig, als in seinen Wagen zu steigen und in die nächste Ortschaft zu fahren, um den Arzt zu verständigen.
 «Ich heiße Evelyn», sagte die Frau. «Mein Mann heißt Steve. Und du?»
 «Bride. Einfach nur Bride.» Zum ersten Mal klang der Name, den sie sich selbst gegeben hatte, nicht mehr hip. Er klang eher nach Hollywood oder nach Teenieträumen. Was sich relativierte, als Evelyn auf das smaragdäugige Mädchen deutete. «Bride, das ist Raisin.

Eigentlich haben wir sie Rain genannt, denn da haben wir sie gefunden, im Regen. Aber sie nennt sich selbst lieber Raisin.»

«Danke dir, Raisin. Du hast mir das Leben gerettet. Echt.» Bride war so froh, einen weiteren Phantasienamen zu hören, dass sie eine brennend heiße Träne über ihre Wange kullern ließ. Evelyn gab ihr ein kariertes Holzfällerhemd ihres Mannes, nachdem sie ihr beim Ausziehen geholfen hatte.

«Soll ich dir was zum Frühstück machen? Haferbrei?», erkundigte sie sich. «Oder ein warmes Brot mit Butter? Du musst ja die ganze Nacht dadrin eingeschlossen gewesen sein.»

Bride lehnte so nett wie möglich ab. Sie wollte nur ein wenig schlafen.

Evelyn packte ihren Gast in eine Decke, wobei sie sorgsam auf das hochgelagerte Bein achtete, und fand es, während sie hinüber zur Spüle ging, nicht der Mühe wert, bei dem Wortwechsel über schwarze oder weiße Kätzchen die Stimme zu senken. Sie war eine großgewachsene Frau mit ganz unmodischen Hüften und einem langen, kastanienbraunen Zopf, der über ihren Rücken schwang. Sie erinnerte Bride an eine Schauspielerin, die sie in einem Film gesehen hatte, keinem aktuellen, sondern einem alten aus den vierziger oder fünfziger Jahren, als die Filmstars noch an ihren Gesichtern zu unterscheiden waren und nicht, wie heute, nur an den Frisuren. Aber es fiel ihr kein Name zu dieser Erinnerung ein, weder der der Schauspielerin noch der des Films. Die kleine Raisin dagegen glich gar niemandem – die Haut weiß wie Milch, das Haar wie Ebenholz, die Augen neon, das Alter unbestimmbar. Wie hatte Evelyn gesagt? «Denn da haben wir sie gefunden. Im Regen.»

Das Haus, in dem Steve und Evelyn lebten, schien früher eine Werkstatt oder ein Atelier gewesen zu sein: ein einziger großer Raum mit Stühlen, einem Tisch, einem Spülbecken, einem holzbefeuerten Herd und der kratzigen Couch, auf der Bride lag. Vor einer Wand stand ein Webstuhl, daneben mehrere kleine Körbe mit Garn. An der Decke war ein Dachfenster, das eine gründliche Reinigung vertragen hätte. Licht strömte, ganz ohne elektrische Unterstützung, durch diesen Raum wie Wasser – hier konnte ein Schatten in Sekundenbruchteilen verschwinden, dort löste sich der Lichtstrahl, der auf eine Kupferkanne fiel, binnen Minuten auf. Eine offene Tür an der Hinterwand gab den Blick in ein Zimmer mit zwei Schlafgelegenheiten frei, ein eisernes Bettgestell und eine Hängematte. Irgendein Fleischgericht, vielleicht Huhn, schmorte im Herd, während Evelyn und das Mädchen an dem groben, selbstgebauten Tisch Pilze und grüne Paprikaschoten schnitten. Ohne Vorwarnung stimmten sie einen dümmlichen alten Hippiesong an.

«*This land is your land, this land is my land…*»

In Bride blitzte eine leuchtende Erinnerung an Sweetness auf, wie sie irgendeinen Blues sang, während sie im Waschbecken Strumpfhosen wusch und die kleine Lula Ann sich hinter der Tür verbarg, um ihr lauschen zu können. Wie schön wäre es gewesen, hätten Mutter und Tochter gemeinsam singen können. Sie ließ diesen Traum in sich einsinken und sank selbst in einen tiefen Schlaf, aus dem sie erst gegen Mittag von dröhnenden männlichen Stimmen geweckt wurde. Steve kam in Begleitung eines alten, zerknitterten Arztes ins Haus gerumpelt.

«Das ist Walt», sagte er. Er war dicht neben dem Sofa stehen geblieben und zeigte etwas, das als Lächeln durchgehen konnte.

«Dr. Muskie», stellte sich der Arzt vor. «Walter Muskie, Doktor der Medizin, der Philosophie, der Rechte, der Geflechte und Gemächte.»

Steve grinste. «Soll nur ein Scherz sein.»

«Hallo», sagte Bride, die ihren Blick zwischen ihrem Fuß und dem Gesicht des Doktors hin und her wandern ließ. «Ich hoffe, es ist nichts Schlimmes.»

«Wir werden sehen», erwiderte Dr. Muskie.

Bride biss die Zähne zusammen und sog Luft ein, als der Doktor ihren eleganten weißen Stiefel aufschnitt. Mit kundigen Griffen und ohne Mitgefühl untersuchte er das Sprunggelenk und verkündete, dass es zumindest gebrochen sei und man hier in Steves Haus nichts ausrichten könne – sie müsse in die Klinik zum Röntgen, Eingipsen und so weiter. Das Einzige, was er hier tun könne und auch gerne tun wolle, sei, die Wunde zu reinigen und einen Verband anzulegen, um die Schwellung nicht noch größer werden zu lassen.

Bride wollte nicht gehen. Sie war plötzlich so hungrig, dass es sie ganz aggressiv machte. Sie wollte baden und essen und sich dann erst zu einer weiteren versifften Provinzklinik bringen lassen. Für die Zwischenzeit bat sie Dr. Muskie um Schmerztabletten.

«Nein», sagte Steve. «Nichts da. Das Wichtige zuerst. Außerdem haben wir nicht alle Zeit der Welt.»

Steve trug sie zu seinem Truck, quetschte sie zwischen

sich und den Doktor und fuhr los. Als sie zwei Stunden später zu zweit von der Klinik zurückkamen, musste Bride zugeben, dass die Schiene und die Tabletten ihr Befinden erheblich verbessert hatten. Die Klinik von Whiskey lag gegenüber dem Postamt im Erdgeschoss eines mit ozeanblauen Holzbrettern verschalten Hauses, in dem sich außerdem ein Friseurladen befand. An den Fenstern im oberen Stockwerk wurde für Secondhandkleidung geworben. Schräge Sache, dachte Bride und erwartete, in ein ebenso schräges Behandlungszimmer gebracht zu werden. Zu ihrer Überraschung war die medizinische Ausstattung nicht weniger modern und vollständig als bei ihrem plastischen Chirurgen.

Dr. Muskie lächelte, als er ihre Verblüffung bemerkte. «Forstarbeiter sind wie Soldaten», sagte er. «Sie haben die schwersten Verletzungen und brauchen die beste und schnellste Versorgung.»

Nach einer Ultraschall-Untersuchung informierte er Bride, dass alles wieder gut werden, der Heilungsprozess aber mindestens einen Monat, vielleicht sechs Wochen in Anspruch nehmen würde. «Die Syndesmose!», sagte er zu seiner Patientin, die nur Bahnhof verstand. «Zwischen Tibia und Fibula. Vielleicht ist ein Eingriff nötig – wahrscheinlich aber nicht, wenn Sie tun, was ich sage.»

Er schiente ihr Sprunggelenk und sagte, ein Gips werde folgen, sobald die Schwellung zurückgegangen sei. Dazu müsse sie dann noch mal in seine Praxis kommen.

Eine Stunde später saß sie wieder neben einem schweigsamen Steve im Wagen, das geschiente Bein so gut unter dem Armaturenbrett ausgestreckt wie möglich. Nachdem sie ins Haus zurückgetragen worden war, merkte sie, dass der vorher verspürte Hunger von etwas Dringenderem überlagert wurde: Sie fühlte sich ungewaschen und konnte ihren säuerlichen Geruch kaum noch ertragen.

«Ich würde gern ein Bad nehmen», sagte sie. «Bitte!»
«Wir haben kein Badezimmer», erwiderte Evelyn. «Ich kann dich fürs Erste mit einem Schwamm waschen. Wenn dein Knöchel so weit ist, mache ich dir eine Wanne voll Wasser warm.»

Mistkübel, Plumpsklo, Zinkwanne und ein durchgelegenes, kratziges Sofa – und damit sollte sie einen Monat lang leben? Bride begann zu weinen, und man ließ sie, während Rain und Evelyn sich wieder der Zubereitung einer Mahlzeit widmeten.

Später, nachdem die Familie mit dem Essen fertig war, versuchte Bride ihre Verlegenheit zu überwinden und ließ sich eine Schüssel kaltes Wasser bringen, um wenigstens das Gesicht und die Achselhöhlen zu säubern. Dann raffte sie sich zu einem Lächeln auf und griff nach dem Teller, den ihr Evelyn hinhielt. Wachtel, wie sich herausstellte, nicht Hühnchen, in einer dicken Pilzsauce. Nach der Mahlzeit fühlte Bride sich mehr als nur verlegen – sie schämte sich. Als Heulsuse hatte sie sich präsentiert, kindisch und trotzig, weder in der Lage, sich selbst zu helfen, noch fremde Hilfe dankbar anzunehmen. Sie war hier unter Menschen, die ein karges Leben führten und sich trotzdem ohne Zögern für sie einsetzten, ohne dafür eine Gegenleistung zu erwarten. Aber ihre Gefühle der Dankbarkeit, des peinlichen Berührtseins, erwiesen sich, wie so oft, als kurzlebig. Sie wurde hier eben behandelt, wie sie auch eine streunende Katze oder einen Hund mit einem gebrochenen Bein behandeln würden, aus Mitleid.

Mürrisch an ihren Fingernägeln reibend, bat sie Evelyn um eine Nagelfeile oder ein wenig Nagellack. Evelyn grinste nur und streckte ihr wortlos ihre Hände entgegen. Botschaft angekommen – Evelyns Hände waren weniger zum Halten eines Weinglases geschaffen als zum Holzhacken, Feuermachen oder Hühnern den Hals umzudrehen. Wer sind diese Leute, fragte sich Bride, und wo kamen sie her? Sie hatten Bride nicht gefragt, wo sie selbst herkam oder hinwollte. Sie hatten sich einfach um sie gekümmert, ihr zu essen gegeben, für das Abschleppen und die Reparatur ihres Wagens gesorgt. Es war so fremd für Bride, so schwierig zu verstehen, was sie ihr hier an Hilfe anboten – gratis, ohne zu urteilen, ohne auch nur ein beiläufiges Interesse daran zu zeigen, wer sie war und was sie vorhatte. Manchmal fragte sich Bride, ob sie womöglich etwas im Schilde führten. Etwas Böses. Aber die Tage vergingen in gleichförmiger Langeweile. Hin und wieder setzten Evelyn und Steve sich nach dem Abendessen vors Haus und sangen Songs der Beatles oder von Simon & Garfunkel. Steve schrummte auf seiner Gitarre, Evelyns Sopran bemühte sich um die Melodie, und beider Lachen perlte zwischen verfehlten Noten und falsch erinnerten Versen.

In den folgenden Wochen, die sie mit weiteren Arztbesuchen, kräftigenden Beinübungen und ansonsten dem Warten auf die Reparatur des Jaguars verbrachte, bekam Bride mit, dass ihre Gastgeber beide in den Fünfzigern waren. Steve hatte am Reed College studiert, Evelyn an der Ohio State University. Sie brachen immer wieder in lautes Lachen aus, als sie erzählten, wie sie sich getroffen hatten. Zuerst in Indien (Bride sah den Widerschein schöner Erinnerungen in den Blicken aufleuchten, die sie wechselten), dann in London, dann in Berlin. Als sie sich schließlich in Mexiko über den Weg liefen, beschlossen sie, dem Wink des Schicksals zu gehorchen (Steve knuffte Evelyn mit den Fingerknöcheln in die Wange), und so heirateten sie in Tijuana und «zogen nach Kalifornien, um ein authentisches Leben zu führen».

Der Neid, den Bride empfand, als sie die beiden beobachtete, war kindisch, aber sie konnte sich nicht zurückhalten. «Mit ‹authentisch› meint ihr arm?» Sie lächelte, um ihre höhnische Miene zu verbergen.

«Was bedeutet ‹arm›? Kein Fernseher?» Steve hob die Augenbrauen.

«Es bedeutet kein Geld», sagte Bride.

«Kommt aufs Gleiche raus», erwiderte er. «Kein Geld, kein Fernseher.»

«Es bedeutet keine Waschmaschine, kein Kühlschrank, kein Badezimmer, kein Geld!»

«Hat dir Geld aus diesem Jaguar rausgeholfen? Hat Geld dein verdammtes Leben gerettet?»

Bride kniff die Augen zusammen, war aber klug genug, den Mund zu halten. Was wusste sie schon von Güte ohne Gegenleistung oder Liebe ohne Sachwert?

Sechs schwierige Wochen verbrachte sie bei ihnen, bis sie wieder laufen konnte und ihr Wagen repariert war. Offenbar musste die einzige Autowerkstatt der Gegend die Scharniere oder sogar eine ganze Tür von auswärts anliefern lassen. In einem Haus zu schlafen, in dem es nachts so stockfinster war, kam Bride vor, als läge sie in einem Sarg. Draußen war der Himmel übersät von Sternen in einer Dichte, wie sie es nie zuvor gesehen hatte.

Aber drinnen, unter dem verdreckten Oberlicht und ohne elektrischen Strom, fand sie kaum Schlaf.

Endlich kehrte Dr. Muskie wieder, um ihren Fuß vom Gips zu befreien und ihr stattdessen einen abnehmbaren Stützverband anzupassen, der ihr das Humpeln erheblich erleichterte. Sie warf einen kurzen Blick auf die Ekelhaut, die sich unter dem Gips gebildet hatte, und erschauderte. Besser noch als die Abnahme des Gipsverbands war Evelyn, die ihr Versprechen wahr machte und eimerweise heißes Wasser in die Zinkwanne kippte. Dann reichte sie Bride einen Schwamm, ein Handtuch und ein Stück braune, nur schwer in Schaum zu verwandelnde Seife. Nach wochenlanger Katzenwäsche sank Bride voll tiefer Dankbarkeit ins Wasser und blieb drin sitzen, sich immer wieder neu einseifend, bis es völlig erkaltet war. Als sie dann heraussteigen wollte, um sich abzutrocknen, machte sie die Entdeckung: Ihre Brust war flach. Vollkommen flach, nur die Brustwarzen verrieten, dass es sich nicht um ihren Rücken handelte. Sie war so schockiert, dass sie zurück ins Schmutzwasser plumpste, das Handtuch vor die Brust gepresst wie ein Schutzschild.

Ich muss krank sein, dachte sie, ich sterbe. Sie klatschte das nasse Handtuch an die Stelle, wo sich früher ihre Brüste Beachtung verschafft, den Lippen seufzender Liebhaber entgegengewölbt hatten. Ihre Panik mühsam niederhaltend, rief sie nach Evelyn.

«Hast du bitte irgendwas, was ich anziehen kann?»

«Klar», sagte Evelyn, und ein paar Minuten später brachte sie Bride ein T-Shirt und eine ihrer eigenen Jeans. Sie sagte kein Wort über Brides Brust oder das nasse Handtuch. Sie ging einfach weg, damit Bride sich ungestört anziehen konnte. Als Bride sie zurückrief, um ihr zu sagen, dass die Jeans zu weit war und von den Hüften rutschte, gab Evelyn ihr stattdessen eine Hose von Rain, die perfekt passte. Wann bin ich so schmal geworden?, fragte sich Bride.

Sie wollte sich nur für eine Minute hinlegen, die Panik abklingen lassen, ihre Gedanken ordnen und rausfinden, was mit ihrem schrumpfenden Körper los war, aber dann fiel sie ohne Vorwarnung, ohne jedes Gefühl von Müdigkeit in den Schlaf. Aus dieser dunklen Leere sprang sie, so lebendig wie tatsächlich erlebt, ein Traum an. Bookers Hand bewegte sich zwischen ihren Schenkeln, und als sich ihre Arme um ihn schlangen und über seinem Rücken schlossen, zog er die Finger zurück und ließ zwischen ihre Beine gleiten, was sie den Ruhm und die Ehre der Völker nannten. Sie wollte flüstern oder stöhnen, aber seine Lippen pressten sich auf ihre. Sie schlug die Beine über seinen sich wiegenden Hüften zusammen, wie um sie zu bremsen oder zu unterstützen oder bei sich zu behalten. Bride erwachte feucht, ein Summen auf den Lippen. Als sie aber die Stelle berührte, an der sich ihre Brüste befunden hatten, wurde aus dem Summen ein Schluchzen. Weil sie in diesem Augenblick begriff, dass die Veränderungen ihres Körpers nicht begonnen hatten, nachdem er gegangen war, sondern weil er gegangen war.

Bleib ruhig, dachte sie. Ihr ganzes Hirn schien zu zittern, aber sie würde es wieder straffen, würde so tun, als wäre alles normal. Niemand braucht es zu wissen, keiner darf es sehen. Was sie redete, was sie machte, alles musste Routine sein, wie das Haarewaschen nach dem Baden. Sie humpelte zur Spüle, schüttete Wasser aus dem Vorratskübel in eine Schüssel, rieb sich Seife ins Haar und wusch sie wieder aus. Als sie sich nach einem trockenen Handtuch umsah, kam Evelyn dazu.

«Ach, Bride», sagte sie lächelnd. «Du hast zu viel Haar für ein Geschirrtuch. Komm mit, wir setzen uns draußen hin und lassen es von der Sonne und der frischen Luft trocknen.»

«Okay, gern», sagte Bride. Es ist wichtig, sich ganz normal zu verhalten, dachte sie. Vielleicht bildeten sich die Verwandlungen an ihrem Körper dann sogar zurück. Oder kamen zumindest zum Stillstand. Sie folgte Evelyn zu einer rostigen, gusseisernen Bank im Garten, die von platinblond leuchtendem Sonnenlicht umflossen wurde. Daneben stand ein niedriger, kleiner Tisch mit einer Büchse voll Marihuana und einer Flasche Hochprozentigem ohne Etikett. Evelyn rubbelte Brides Haar trocken und plapperte dabei dahin wie in einem Friseursalon. Wie glücklich das Leben hier draußen unter dem Sternenhimmel mit dem perfekten Mann an ihrer Seite sie doch mache, wie lehrreich ihre Reisen und das Leben ohne die Annehmlichkeiten der modernen Technik gewesen seien, welch Letztere man nur als Müllproduktion ohne Nachhaltigkeit bezeichnen könne, und wie Rain ihr Leben und das ihres Mannes bereichert habe.

Als Bride wissen wollte, wann und woher Rain zu ihnen gekommen sei, setzte Evelyn sich hin und goss sich einen Schluck von dem Alkohol in eine Tasse.

«Es hat gedauert, bis wir selbst alles wussten», begann sie. Bride hörte aufmerksam zu. Egal was, ihr war alles recht, was sie vom Grübeln abhielt, vom Nachdenken über die Veränderungen ihres Körpers und darüber, wie sie sicherstellen konnte, dass niemand etwas davon mitbekam. Als Evelyn ihr das T-Shirt gereicht hatte, nachdem Bride aus der Wanne gestiegen war, hatte sie nichts bemerkt und nichts gesagt. Bei ihrer Rettung aus dem Jaguar hatte Bride tolle Brüste gehabt, auch noch im Krankenhaus in Whiskey. Jetzt waren sie verschwunden, wie nach einer chirurgischen Brustentfernung, bei der ein Pfuscher die Nippel stehengelassen hatte. Ihr tat nichts weh, und ihre inneren Organe funktionierten wie immer, wenn man von der seltsam verzögerten Periode absah. Was war das also für eine merkwürdige Krankheit, an der sie litt? Eine Krankheit, die zugleich sichtbar und unsichtbar war? Es war er, dachte sie. Sein Fluch.

«Willst du was?» Evelyn deutete auf die Blechbüchse.

«Ja, okay.» Sie beobachtete, wie gekonnt Evelyn den Joint baute, und nahm ihn dankbar entgegen. Beim ersten Zug musste sie husten, danach nicht mehr.

Eine Weile rauchten sie schweigend, dann sagte Bride: «Erzähl mir, was du mit dem ‹Finden im Regen› gemeint hast.»

«Es war genau so. Steve und ich sind von irgendeiner Demo, wogegen weiß ich nicht mehr, nach Hause gefahren, und da haben wir das kleine Mädchen total durchnässt auf einer gemauerten Türschwelle sitzen gesehen. Wir hatten damals einen alten VW Käfer, und Steve ist langsamer gefahren, und dann hat er gebremst. Wir dachten beide, sie hätte sich verlaufen oder ihren Schlüssel verloren. Er ist seitlich rangefahren und ausgestiegen, um zu sehen, was los war. Erst hat er sie nach ihrem Namen gefragt.»

«Was hat sie gesagt?»

«Nichts. Kein einziges Wort. Tropfnass, wie sie war, wandte sie den Kopf ab, als Steve sich vor sie hinkauerte, aber wow!, als er sie bei der Schulter fasste, sprang sie hoch und rannte platschend, mit durchweichten Turnschuhen, davon. Er stieg dann wieder ein, damit wir unsere Fahrt fortsetzen konnten. Aber aus dem Regen wurde ein Wolkenbruch, so heftig, dass wir kaum noch durch die Windschutzscheibe sehen konnten. Wir gaben klein bei und hielten bei einem Diner. Bruno's, so hieß der. Jedenfalls warteten wir nicht im Auto, sondern gingen rein, mehr, um Schutz zu suchen als wegen des Kaffees, den wir bestellten.»

«Also habt ihr sie verloren?»

«Erst mal, ja.» Evelyn, die ihren Joint aufgeraucht hatte, schenkte sich noch einen Schluck ein und nippte daran.

«Ist sie zurückgekommen?»

«Nein, aber als der Regen aufhörte und wir wieder raus sind, hab ich sie in einem Durchgang hinter dem Haus entdeckt. Sie hockte neben einem Müllcontainer.»

«O Gott», sagte Bride, ihr schauderte, als hocke sie selbst in diesem Durchgang.

«Es war Steve, der den Entschluss fasste, sie nicht dort zu lassen. Ich war nicht so sicher, ob wir uns da einmischen sollten, aber er ging einfach hin und packte sie und warf sie sich über die Schulter. Sie brüllte ‹Entführung! Entführung!›, aber nicht besonders laut. Ich glaube nicht, dass sie Aufmerksamkeit erregen wollte, vor allem nicht bei den Bullen, ich meine, den Cops. Wir drängten sie auf den Rücksitz, stiegen ein und verriegelten die Türen.»

«Hat sie sich beruhigt?»

«Aber nein. ‹Lasst mich raus!›, hat sie immer weiter geplärrt und dabei gegen die Rückseite unserer Sitzlehnen getreten. Ich habe leise auf sie eingeredet, damit sie keine Angst vor uns hat. ‹Du bist ja pudelnass, Kleine›, sagte ich. ‹Weil's regnet, Miststück›, sagte sie. Ich hab gefragt, ob ihre Mutter weiß, dass sie draußen im Regen sitzt, und sie erwiderte: ‹Yeah. Und?› Ich wusste nicht, was ich von dieser Antwort halten sollte. Dann begann sie zu fluchen – mit Wörtern, wie man sie sich aus dem Mund eines Kindes überhaupt nicht vorstellen kann.»

«Echt?»

«Steve und ich sahen uns nur an, und ohne ein Wort zu wechseln war uns klar, was wir tun mussten – sie erst mal trocken, satt und sauber kriegen und dann rausfinden, wo sie hingehörte.»

«Du hast gesagt, sie war ungefähr sechs, als ihr sie gefunden habt?», fragte Bride.

«Schätz ich mal. Genau weiß ich es nicht. Sie hat nichts gesagt, und wahrscheinlich weiß sie es selber nicht. Ihre Milchzähne waren schon weg, als wir sie zu uns nahmen. Und bis jetzt hat sie noch keine Periode gehabt, und ihre Brust ist flach wie ein Brett.»

Bride sprang auf. Die Erwähnung einer flachen Brust genügte, um sie zurück auf ihr Problem zu stoßen. Hätte ihr Knöchel es nicht verhindert, sie wäre weggelaufen, hätte die Flucht ergriffen vor dem grausigen Verdacht, dass sie sich in ein kleines schwarzes Mädchen zurückverwandelte.

Eine Nacht und einen Tag später hatte Bride sich halbwegs beruhigt. Denn niemand hatte die Veränderungen ihres Körpers bemerkt oder kommentiert, weder die flache Brust, an der das T-Shirt herunterhing, noch die undurchstochenen Ohrläppchen. Nur sie allein wusste von den nicht wegrasierten und dennoch fehlenden Scham- und Achselhaaren. War das Ganze womöglich eine Halluzination, so wie die lebhaften Träume, die sie hatte, wenn es ihr denn überhaupt gelang zu schlafen? Wenn es denn Träume waren. Zweimal in jeder Nacht erwachte sie und sah Rain, die vor dem Sofa stand oder danebenhockte – nicht bedrohlich, nur beobachtend. Wenn sie das Mädchen aber ansprach, schien es sich aufzulösen.

Tatenlos, hilflos. Bride begann zu verstehen, warum die Langeweile so bekämpft wurde. Ohne Ablenkung oder körperliche Aktivität drehte sich das Denken im Kreis und verstreute Erinnerungsfetzen rundum. Sich auf einen Kummer zu konzentrieren wäre immer noch besser gewesen als diese unzusammenhängenden Gedankensplitter. Von den wolkigen Sinnschlieren der Träume abgesehen, taumelte ihr Denken vom Zustand ihrer Fingernägel zu der Erinnerung, wie sie mal in einen Lampenmast reingelaufen war, vom Lästern über ein Promi-Kleid zum Zustand ihrer Zähne. Sie saß an einem Ort fest, so primitiv, dass es nicht einmal ein Radio gab, und sah einem Paar bei der Bewältigung des Alltags zu – beim Gärtnern, Putzen, Kochen, Weben, Rasenmähen, Holzhacken, Einmachen. Es war niemand da, mit dem sie hätte reden können, jedenfalls über Dinge, die sie interessierten. Ihr fester Vorsatz, nicht über Booker nachzugrübeln, war nicht durchzuhalten. Was war, wenn es ihr nicht gelang, ihn zu finden? Was, wenn er sich nicht bei Mr. oder Ms. Olive aufhielt? Nichts wäre in Ordnung gebracht, wenn die Jagd, auf der sie sich befand, erfolglos bliebe. Und wenn sie ihn fände, was würde sie sagen oder tun?

Von allen, außer *Sylvia Inc.* und Brooklyn, fühlte sie sich verachtet und zurückgewiesen, ihr ganzes Leben hindurch. Booker war der Einzige, vor dem sie Flagge zeigen konnte – vor ihm und damit auch vor sich, indem sie sich selbst behauptete. War sie nicht auch etwas wert? Irgendetwas?

Sie vermisste Brooklyn, die sie für ihre einzige wahre Freundin hielt: loyal, witzig, großherzig. Wer sonst würde meilenweit fahren, um sie nach dem blutigen Horror in einem billigen Motel aufzulesen, und sich dann so gut um sie kümmern? Bride fand es nicht fair, dass sie Brooklyn so im Unklaren über ihren Aufenthalt ließ. Natürlich konnte sie der Freundin den Grund für ihre Flucht nicht offenbaren. Brooklyn hätte versucht, sie davon abzubringen, oder, schlimmer noch, sie hätte gelacht und sie verspottet. Ihr klargemacht, wie undurchdacht und tollkühn die Idee war. Trotzdem war das einzig Richtige, sich bei ihr zu melden.

Telefonieren war unmöglich, also beschloss Bride, ihr eine Nachricht zu schicken. Um Schreibutensilien gebeten, sagte Evelyn, dass sie kein Briefpapier habe, ihr aber ein Blatt aus dem Notizblock geben könne, auf dem sie Rain das Schreiben beibrachte. Sie versprach, dass Steve den Brief zur Post befördern würde.

Bride war geübt im Verfassen kurzer Memos für ihre Mitarbeiter. Mit persönlichen Briefen verhielt es sich anders. Was sollte sie schreiben?

Es geht mir so weit gut...?

Tut mir leid, dass ich weg bin, ohne dich zu ...?

Ich muss das alleine durchziehen, weil...?

Sie legte den Stift zur Seite und betrachtete ihre Fingernägel.

Normalerweise empfand sie das Geräusch von Evelyns Webstuhl als beruhigend, aber an diesem Tag machte das Klick-knack-klick-knack von Schiffchen und Pedal sie ausgesprochen nervös. In welche Richtung ihre Gedanken auch wanderten, sie endeten immer bei der Möglichkeit der Beschämung. Vielleicht lebte Booker gar nicht in einem Kaff namens Whiskey. Und wenn doch, was dann? Was wäre, wenn er mit einer anderen Frau zusammenwohnte? Was hatte sie ihm überhaupt zu sagen, außer «ich hasse dich für das, was du getan hast» oder «bitte komm zurück zu mir». Vielleicht fände sie einen Weg, ihm weh zu tun, ihn wirklich zu verletzen. So wirr ihre Gedanken auch waren, immer kreisten sie um etwas Unabdingbares – die gebieterische Notwendigkeit, vor ihn hin zu treten, ohne Rücksicht auf die Folgen. Frustriert und irritiert von all dem «Was wäre wenn» und dem Geräusch von Evelyns Webstuhl, beschloss sie, nach draußen zu humpeln. Sie öffnete die Tür und rief: «Rain, Rain!»

Das Mädchen lag ihm Gras und sah einer Ameisenkolonne bei ihrem wohlgeordneten Treiben zu.

«Was ist?» Rain blickte auf.

«Lust auf einen Spaziergang?»

«Wozu?» Ihr Tonfall machte deutlich, dass sie die Ameisen weitaus interessanter fand als Brides Gesellschaft.

«Einfach so», sagte Bride.

Diese Antwort schien sie zu überzeugen. Sie sprang

mit einem Lächeln auf und klopfte ihre Shorts sauber. «Okay, wenn du meinst.»

Die Stille zwischen ihnen war anfangs unbeschwert, da jede tief in ihre eigenen Gedanken versunken war. Bride hinkte, Rain hüpfte oder trödelte am Wiesenrain und Gebüsch entlang. Sie hatten eine halbe Meile des Feldwegs zurückgelegt, als Rains belegte Stimme das Schweigen unterbrach.

«Sie haben mich gestohlen.»

«Wer? Du meinst Steve und Evelyn?» Bride blieb stehen und sah Rain an, die sich an der Wade kratzte. «Sie sagen, dass sie dich gefunden haben, auf dem Boden hockend, im Regen.»

«Yep.»

«Warum sagst du dann ‹gestohlen›?»

«Weil ich sie nicht gebeten habe, mich mitzunehmen, und weil sie nicht gefragt haben, ob ich mitkommen will.»

«Und warum bist du dann mitgekommen?»

«Ich war nass, und mir war kalt. Evelyn hat mir eine Decke gegeben und eine Schachtel mit Rosinen zum Essen.»

«Tut's dir leid, dass sie dich mitgenommen haben?» Anscheinend nicht, dachte Bride, sonst wärst du ja weggelaufen.

«O nein, niemals. Hier ist es am besten für mich. Und es gibt ja nichts, wo ich hinkönnte.» Rain gähnte und rieb sich die Nase.

«Du meinst, du hast kein Zuhause?»

«Hab ich gehabt, aber da wohnt meine Mutter.»

«Du bist also weggelaufen.»

«Nein, bin ich nicht. Sie hat mich rausgeschmissen. ‹Scher dich zum Teufel›, hat sie gesagt. Hab ich gemacht.»

«Aber warum? Warum sollte sie so was tun?» Warum sollte irgendjemand so etwas mit einem Kind machen, fragte sich Bride. Selbst Sweetness, die es jahrelang nicht ertragen konnte, sie anzusehen oder zu berühren, hatte sie nie aus der Wohnung geworfen.

«Weil ich ihn gebissen habe.»

«Wen gebissen?»

«So einen Mann. Einen, der öfter kam. Einer von denen, die sie's mit mir machen ließ. Oh, schau! Blaubeeren!» Rain bückte sich zu dem Gestrüpp am Wegrand.

«Moment mal», sagte Bride. «Was heißt das, ‹mit mir machen ließ›?»

«Er hat mir sein Pipiding in den Mund gesteckt, und ich hab zugebissen. Da hat sie sich bei ihm entschuldigt und ihm seinen Zwanzigdollarschein zurückgegeben, und ich musste raus vor die Tür.» Die Beeren waren bitter, nicht die süßen wilden Früchte, die sie erwartet hatte. «Und dann ließ sie mich nicht mehr ins Haus. Ich hab gegen die Tür gehämmert. Einmal hat sie aufgemacht und mir meinen Pulli rausgeworfen.» Rain spuckte den Rest der Blaubeeren aus.

Bride stellte sich die Szene vor, und ihr wurde flau im Magen. Wie konnte man einem Kind so etwas antun, irgendeinem Kind, geschweige denn dem eigenen? «Wenn du deine Mutter wiedersehen würdest, was würdest du ihr sagen?»

Rain grinste. «Nichts. Den Kopf würde ich ihr abschlagen.»

«Mensch, Rain. Das meinst du nicht im Ernst.»

«Doch. Ich hab ganz viel darüber nachgedacht. Wie das wohl aussieht – ihre Augen, ihr Mund, wie das Blut aus dem Hals rausspritzt. Es ging mir gut, wenn ich nur daran dachte.»

Ein sanfter Felsrücken erstreckte sich parallel zur Straße. Bride nahm Rain bei der Hand und führte sie behutsam zu den Steinen. Beide setzten sich nieder. Keine von ihnen sah das Reh mit dem Kitz, die jenseits der Straße standen. Das Reh äugte zu den beiden Menschenwesen hinüber und stand dabei so unbeweglich wie der Baum neben ihm. Das Kitz drückte sich in seine Flanke.

«Erzähl», sagte Bride. «Erzähl mir mehr.»

Als sie Brides Stimme hörten, ergriffen Mutter und Kind die Flucht.

«Komm schon, Rain.» Bride legte ihre Hand auf Rains Knie. «Erzähl's mir.»

Und sie erzählte, die Augen manchmal aufgerissen, smaragdgrün funkelnd, und manchmal zu dunklen, olivenfarbenen Schlitzen verengt, erzählte von der Gewitztheit, dem Mut, dem perfekten Erinnerungsvermögen, all den Fähigkeiten, die das Leben auf der Straße erforderte. Man musste rauskriegen, wo man aufs Klo gehen konnte, erzählte sie, wie man der Polizei oder dem Jugendamt ein Schnippchen schlug, wie man sich vor Säufern oder Junkies in Sicherheit brachte. Aber das Allerwichtigste war, sichere Schlafplätze zu finden. Das alles brauchte Zeit, und sie musste ein Gespür dafür entwickeln, welche Menschen ihr Geld geben würden und wofür, welche Köche oder Kellner an den Hintertüren von Restaurants oder Kantinen freigebig mit Essensresten waren. Es war schwierig, Lebensmittel zu organisieren, und noch schwieriger, sie für später zu bunkern. Bewusst ging sie keinerlei Freundschaften ein, weder mit Gleichaltrigen noch mit Älteren, nicht mit Normalos und nicht mit Durchgeknallten. Jeder konnte dich verpfeifen oder dir etwas antun. Am nettesten waren noch die Stricherinnen, die sie auch vor den Gefahren ihres Gewerbes warnten – Freiern, die nicht zahlten, Bullen, die erst zahlten und sie dann verhafteten, Männern, deren Spaß darin bestand, ihnen Schmerzen zuzufügen. Rain erzählte, dass das nichts Neues für sie war, denn einmal hatte ein wirklich alter Kerl ihr so weh getan, dass sie blutete, und ihre Mutter hatte ihn geohrfeigt und ‹raus hier!› gebrüllt und sie dann mit einem gelben Pulver gepudert. Männer machten ihr Angst, sagte Rain, und ihr werde richtig übel von ihnen. Sie war auf ein paar Stufen gesessen, an der Stelle, wo immer der Truck der Heilsarmee hielt, als es zu regnen begann. Vielleicht würde ihr die Frau aus dem Lkw diesmal einen Mantel oder ein Paar Schuhe geben, so wie sonst etwas zu essen. Dann kamen Evelyn und Steve vorbei, und als er sie berührte, musste sie an die Männer denken, die zu ihrer Mutter ins Haus kamen, und sie musste einfach weglaufen, auf die Lebensmittel verzichten, sich verstecken.

Rain kicherte manchmal, wenn sie ihr Leben in der Obdachlosigkeit schilderte, voller Stolz auf ihre Gerissenheit, ihre Finten beim Verstecken, während Bride gegen die Gefahr ankämpfte, Tränen zu vergießen für jemand anderen als sich selbst. Diesem zähen kleinen Mädchen zuzuhören, das keine Zeit auf Selbstmitleid verschwendete, gab ihr ein Gefühl von Kumpanei, das verblüffend frei war von Neid. Wie die Freundschaft von Schulmädchen.

RAIN

Sie ist fort, meine schwarze Lady. Damals, als ich sie gefangen in dem Auto sah, haben ihre Augen mir erst Angst gemacht. Silky, meine Katze, hat auch solche Augen. Aber es hat nicht lange gedauert, bis ich anfing, sie sehr gern zu haben. Sie ist so hübsch. Manchmal hab ich sie einfach nur angeschaut, während sie schlief. Heute kam ihr Auto zurück, mit einer neuen alten Tür in einer anderen Farbe. Ehe sie ging, hat sie mir einen Rasierpinsel gegeben. Steve hat einen Bart und will ihn nicht, jetzt streiche ich damit meiner Katze durch das Fell. Ich bin traurig, jetzt, wo sie weg ist. Ich habe niemanden mehr zum Reden. Evelyn ist wirklich gut zu mir und Steve auch, aber sie runzeln die Stirn oder schauen weg, wenn ich erzähle, was im Haus meiner Mutter alles passiert ist oder wie schlau ich war, nachdem sie mich rausgeschmissen hatte. Egal, ich will sie jedenfalls nicht mehr umbringen, so wie am Anfang, als ich herkam. Aber damals wollte ich jeden umbringen – bis sie mir das Kätzchen geschenkt haben. Es ist jetzt eine große Katze, und ich erzähle ihr alles. Meine schwarze Lady hat mir zugehört beim Erzählen, wie's war. Steve lässt mich nicht davon sprechen. Auch Evelyn nicht. Sie glauben, dass ich lesen kann, aber ich kann's nicht, na ja, ein klein wenig vielleicht. Schilder und so Sachen. Evelyn versucht, mir was beizubringen. Sie nennt es Heimunterricht. Ich nenne es Schleimunterricht und Neinunterricht. Wir sind eine nachgemachte Familie – ganz in Ordnung, aber nicht echt. Evelyn ist eine gute Ersatzmutter, aber lieber hätte ich eine Schwester, die so ist wie meine schwarze Lady. Einen Daddy habe ich nicht, das heißt, ich weiß nicht, wer er ist, weil er nicht bei meiner Mutter gelebt hat. Aber Steve ist immer da, wenn er nicht gerade irgendwo zu tun hat. Meine schwarze Lady ist nett, aber zäh ist sie auch. Als wir uns wieder auf den Weg nach Hause machten, nachdem ich ihr alles von meinem Leben vor Evelyn und Steve erzählt hatte, kam ein Truck mit großen Jungs vorbei. Einer von ihnen rief: «Hey, Rain, wer ist deine Mami?» Meine schwarze Lady drehte sich nicht um, aber ich streckte die Zunge raus und zeigte ihm eine lange Nase. Einer von den Jungs war Regis, den ich kenne, weil er manchmal mit seinem Vater zu uns kommt, um Brennholz und Körbe voller Mais zu bringen. Am Steuer saß ein älterer Bursche, der wendete den Wagen und fuhr hinter uns her. Regis hatte eine Flinte, genau wie Steve auch eine hat, und mit der zielte er auf uns. Meine schwarze Lady sah ihn und warf ihren Arm über mein Gesicht. Der Schrotschuss zermanschte ihr Hand und Arm. Wir fielen beide hin, sie auf mich drauf. Ich sah, wie Regis sich duckte, als der Wagen Gas gab und davonraste. Ich konnte nichts weiter tun als ihr aufhelfen und mich an ihren blutigen Arm klammern, während wir so schnell zu unserem Haus zurück sind, wie es ihr Knöchel erlaubte. Steve hat die winzigen Kugeln aus ihrem Arm und ihrer Hand rausgepickt und gesagt, dass er mit dem Vater von Regis ein ernstes Wörtchen reden wird. Evelyn hat das Blut von der Haut meiner schwarzen Lady abgewaschen und Jod über ihre ganze Hand verteilt. Meine schwarze Lady verzog vor Schmerz das Gesicht, aber sie hat nicht geweint. Mein Herz schlug ganz schnell, weil so etwas noch nie passiert war. Ich meine, Steve und Evelyn haben mich aufgenommen und all das, aber niemand hat sich selbst in Gefahr gebracht, um mich zu retten. Mir das Leben zu retten. Und genau das hat meine schwarze Lady getan, ohne auch nur eine Sekunde nachzudenken.

Jetzt ist sie fort, aber wer weiß, vielleicht treffe ich sie irgendwann wieder.

Sie fehlt mir, meine schwarze Lady.

DRITTER TEIL

Seine Fingerknöchel waren blutbefleckt, und die Finger schwollen schon an. Der Fremde, den er niedergeschlagen hatte, rührte sich nicht mehr und stöhnte auch nicht, aber trotzdem war ihm klar, dass er besser schnell verschwand, ehe ein Student oder einer von der Campus-Wache ihn für den Übeltäter hielt und nicht den Mann, der im Gras lag. Er hatte die Jeans des Niedergeschlagenen offen und dessen Penis entblößt gelassen, genau so, wie es gewesen war, als er ihn an der Ecke des Spielplatzes entdeckt hatte. Nur wenige Kinder von Uni-Angehörigen spielten in der Nähe der Rutsche, und eines saß auf der Schaukel. Anscheinend hatte keines von ihnen den Mann bemerkt, der sich die Lippen leckte und sein kleines weißes Anhängsel in ihre Richtung schlenkerte. Es war das Lippenlecken, das ihn besonders aufbrachte – wie die Zunge an der Oberlippe entlangfuhr, wie er schluckte, dann wieder die Zunge an die Lippe führte. Offensichtlich war der Anblick der Kinder für den Mann nicht weniger lustvoll, als es die Berührung gewesen wäre, und genauso offensichtlich sah er in seiner verqueren Denkweise etwas Aufforderndes an ihnen, antwortete er dem Ruf ihrer rundlichen Schenkel und strammen kleinen Hinterteile, die ihm aus ihren Höschen und Shorts zuwinkten, wenn sie zur Rutsche hochkletterten oder auf der Schaukel durch die Luft sausten.

Bookers Faust landete im Mund des Mannes, ohne dass er auch nur eine Sekunde nachdenken musste. Ein paar Blutstropfen sprenkelten das Sweatshirt, und als Booker sah, dass der Mann bewusstlos war, hob er seine Büchertasche vom Boden auf und ging weg – nicht zu schnell, aber schnell genug, um auf die andere Straßenseite wechseln, das Hemd umkrempeln und pünktlich zur Vorlesung erscheinen zu können. Ganz pünktlich schaffte er es nicht, aber da waren noch einige andere, die in den Hörsaal schlichen, als er dort eintraf. Die Nachzügler setzten sich in die hinteren Reihen und legten ihre Rucksäcke, Aktentaschen oder Laptops auf den Pulten ab. Ein Einziger legte sich einen Schreibblock zurecht. Auch Booker zog handschriftliche Notizen vor, aber mit seinen geschwollenen Fingern konnte er kaum schreiben. So hörte er mit halbem Ohr zu, überließ sich Tagträumen und hielt sich die Hand vor den Mund, damit ihn niemand gähnen sah.

Der Professor erging sich, wie in fast jeder Vorlesung, in endlosen Tiraden über die Verblendung Adam Smiths, als gäbe es in der Geschichte der Volkswirtschaftslehre nur einen einzigen Gelehrten, den zu verdammen sich lohnte. Was war mit Milton Friedman oder gar diesem Chamäleon namens Karl Marx? Bookers Fixierung auf den Mammon war jüngeren Datums. Vier Jahre zuvor, im Grundstudium, hatte er in verschiedene Fachbereiche – Psychologie, Politikwissenschaft, Geisteswissenschaften – reingeschmeckt und schließlich etliche Seminare in den Afroamerikanischen Studien besucht, wo die besten

Professoren zwar brillante Schilderer der bestehenden Verhältnisse waren, aber auf Fragen, die mit dem Wort «warum» begannen, nie eine ihn befriedigende Antwort fanden. Er vermutete, dass die wirklich erhellenden Antworten auf Fragen nach den Hintergründen von Sklaverei, Lynchjustiz, Zwangsarbeit, Knebelverträgen bei der Landverpachtung, Rassismus, der gesellschaftlichen Neuordnung nach dem Sezessionskrieg, dem Stereotyp des Jim Crow, der Gefangenenarbeit, der Wanderungsbewegung, der Bürgerrechte und der Schwarzen Revolution alle mit Geld zu tun hatten. Mit vorenthaltenem Geld, gestohlenem Geld, mit Geld als Machtinstrument, als Kriegswaffe. Wo war die Vorlesung über das Phänomen, dass allein die Sklaverei das Land binnen zweier Jahrzehnte aus der Agrikultur ins Industriezeitalter katapultierte? Der Hass und die Gewalt der Weißen waren der Treibstoff, der die Profitmaschine am Laufen hielt. Und deshalb wandte er sich im Graduiertenstudium der Wirtschaftswissenschaft zu – ihrer Geschichte und ihren Theorien –, um zu verstehen, wie Geld jede, aber wirklich jede Form von Unterdrückung auf dieser Welt regierte und all die Reiche, Nationen und Kolonien schuf und selbst Gott und dessen Widersacher in den Dienst nahm, um Reichtümer anzuhäufen und dann zu verschleiern. Gern stellte er den gegeißelten, besitzlosen, halbnackten König der Juden am Kreuz, der sein Verlassensein hinausschrie, dem juwelenbehängten, aufgetakelten Papst gegenüber, der mit den Geldschränken des Vatikans im Rücken seine Moralpredigten hielt. *Kreuz und Tresor* von Booker Starbern. Das wäre der Titel seines Buches.

Von der Vorlesung wenig beeindruckt, ließ er seine

Gedanken zu dem Mann wandern, der entblößt neben dem Spielplatz lag. Kahler Schädel, normales Aussehen. Sonst wahrscheinlich ein netter Kerl – das waren sie immer. «Der netteste Mann, den man sich denken kann», so sagten die Nachbarn in solchen Fällen. «Er konnte nicht mal einer Fliege was zuleide tun.» Wo kam diese Redensart nur her? Warum einer Fliege nichts zuleide tun? Sollte das heißen, dass er zu zartbesaitet war, um einem Insekt, das Krankheiten übertrug, den Garaus zu machen, aber nichts dabei fand, das Leben eines Kindes zu zerstören?

Booker war in einem großen, engen Familienverband aufgewachsen, in dem es weit und breit keinen Fernseher gab. Als Studienanfänger im College fand er sich umgeben von Medien, die ihn rasch zu der Erkenntnis brachten, dass sowohl die Methoden wie die Inhalte der elektronischen Kommunikation mehr der Zerstreuung als der Vermittlung von Wissen und Einsicht dienten. Die Wetterkanäle waren die einzigen Quellen echter Information, aber auch hier war das Programm meistens aufgemotzt und die Präsentation hysterisch. Und dann die Computerspiele – faszinierend in ihrer Sinnlosigkeit. In einer Familie von Bücherlesern aufgewachsen, in der die Tagesnachrichten aus dem Radio und aus Zeitungen bezogen wurden und Vinylplatten für Unterhaltung sorgten, musste er heucheln, wenn die Kommilitonen ihre Begeisterung für die Bildschirmwelten mit ihm teilen wollten, deren Klangkulissen aus allen Studentenbuden, -kneipen und -kantinen drangen. Er wusste, wie weit er aus der Art geschlagen war – ein Maschinenstürmer, unfähig, sich auf die erregende Welt der Technik einzulassen, was ihm in seinen ersten Studienjahren durchaus unangenehm gewesen war. Aber was ihn geprägt hatte, waren nun mal persönliche Gespräche und Texte auf Papier. An jedem Samstagmorgen hatten seine Eltern noch vor dem Frühstück Familienkonferenzen abgehalten, bei denen jedes der Kinder zwei Fragen beantworten musste: 1. Was hast du Neues gelernt, und woher weißt du, dass es stimmt? 2. Welches Problem hast du im Augenblick? Über die Jahre hinweg reichten die Antworten auf die erste Frage von «Würmer können nicht fliegen» oder «Eis fühlt sich an wie heiß» über «Es gibt nur drei Counties in unserem Staat» bis zu «Der Bauer ist mächtiger als die Königin». Die Themen für die Frage Nummer zwei entwickelten sich von «Ein Mädchen hat mir eine Ohrfeige gegeben» über «Meine Akne ist wieder da» zu «Algebra» oder «Die Konjugation lateinischer Verben». Zu den persönlichen Problemen trug jeder in der Runde Lösungsvorschläge bei, und erst nachdem sie behoben oder zumindest besprochen waren, wurden die Kinder ins Bad und zum Anziehen geschickt, wobei grundsätzlich die Älteren den Jüngeren helfen mussten. Booker liebte diese Samstagmorgenkonferenzen, denen als Belohnung der Höhepunkt des Wochenendes folgte – das reichhaltige Frühstück, das seine Mutter wie ein Festmahl anrichtete. Fast war es ein Bankett, mit ofenwarmem Gebäck aus Mürbe- und Blätterteig, schneeweißen und brandheißen Maisküchlein, sahnig-safrangelbem Rührei, brutzelnden Bratwürstchen im Teigmantel, aufgeschnittenen Tomaten, Erdbeermarmelade, frisch gepresstem Orangensaft, kühler Milch in Steingutkrügen. Manche dieser Köstlichkeiten sparte sie eigens für die

Schlemmerei am Wochenende auf, denn unter der Woche lebte die Familie bescheiden: Haferbrei, Früchte der Saison, Reis, getrocknete Bohnen und an Gemüse, was eben greifbar war: Weiß- oder Rotkohl, Spinat, Wirsing, Senfblätter oder Kohlrabi. Das mehrgängige Frühstück am Wochenende durfte üppig sein, weil es auf karge Tage folgte.

Nur während der endlosen Monate, in denen keiner wusste, wo Adam war, fielen die Familienkonferenzen und die Frühstücksfestlichkeiten aus. Während dieser Monate lag eine Stille über dem Haus, die man leise ticken zu hören glaubte, wie eine Zeitbombe, die oft genug in Gestalt unnötiger Streitereien explodierte, sinnlos und gemein.

«Mama, er starrt mich dauernd an.»

«Hör auf, sie anzustarren.»

«Jetzt schaut er wieder.»

«Hör mit dem Glotzen auf.»

«Mama!»

Als die Polizei ihrer Bitte um Unterstützung bei der Suche nach dem vermissten Adam endlich Folge leistete, durchsuchte sie als Erstes das Haus der Starberns – als wären die besorgten Eltern die Schuldigen. Die Polizisten prüften, ob der Vater Vorstrafen hatte. Was nicht der Fall war. «Wir melden uns», sagten sie. Dann ließen sie die Sache auf sich beruhen. War eben wieder ein kleiner schwarzer Junge verschwunden. Na und.

Bookers Vater weigerte sich, auch nur eine seiner geliebten, altmodischen Jazz- und Ragtime-Platten zu spielen. Auf viele konnte Booker verzichten, aber nicht auf Satchmo. Es war schlimm genug, einen Bruder zu verlieren – das brach ihm das Herz –, aber Louis Armstrongs Trompete nicht hören zu können, ließ es vertrocknen.

Als dann der Frühling kam und die Bäume auf den Wiesen sich herauszuputzen begannen, wurde Adam gefunden. In einem Abwasserkanal.

Booker begleitete seinen Vater zur Identifizierung der sterblichen Überreste. Verdreckt, von Ratten angenagt, eine Augenhöhle ein leeres Loch. Die Maden, vollgefressen und glücklich, waren abgezogen und hatten blitzsaubere Knochen unter den Fetzen seines schlammverschmierten gelben T-Shirts hinterlassen. Von der Hose oder den Schuhen war an der Leiche nichts zu sehen. Bookers Mutter konnte nicht hingehen. Sie wollte nicht, dass in ihre Erinnerung etwas anderes gemeißelt wäre als das Bild ihres Erstgeborenen in seiner jungen, unerhörten Schönheit.

Die Trauerfeier, bei geschlossenem Sarg, kam Booker billig und einsam vor, trotz der lauten Beredsamkeit des Predigers, der vielen anwesenden Nachbarn, der vielen sorgsam zubereiteten Speisen, die ihnen ins Haus gebracht wurden. Das Übermaß all dessen machte ihn nur noch einsamer. Es war, als würde sein älterer Bruder, der ihm nah war wie ein Zwilling, noch einmal begraben, erstickt unter Gesängen, Predigerworten, Tränen, dem Ansturm der Gäste, den Blumen. Er wollte die Trauer umlenken – sie wieder persönlich, besonders und, dies vor allem, zu seiner alleinigen machen. Adam war der Bruder, den er abgöttisch liebte, zwei Jahre älter und süß wie Zuckerrohr. Ein makelloser Ersatz für den Bruder, an den er sich im Mutterleib geschmiegt hatte. Ein Bruder, so hatte man es ihm erzählt, dem kein einziger Atemzug vergönnt gewesen war. Booker war drei, als er erfuhr, dass er der Zwillingsbruder eines Totgeborenen war, aber irgendwie hatte er das schon immer gewusst – hatte eine unsichtbare Wärme gespürt, die neben ihm ging oder auf den Stufen der Veranda wartete, wenn er im Garten spielte. Etwas Anwesendes, das die Bettdecke mit ihm teilte, wenn Booker schlief. Als er älter wurde, wandelte sich der unsichtbare Begleiter zu einer inneren Stimme, auf deren Rat und Reaktion er bauen konnte. Als er in die erste Klasse kam und jeden Tag gemeinsam mit Adam zur Schule ging, war diese Wandlung endgültig vollzogen. Und so hatte Booker, als Adam ermordet worden war, keinen Begleiter mehr. Jetzt waren beide tot.

Als Booker seinen Bruder zum letzten Mal sah, rollte er im Abendlicht auf seinem Skateboard den Gehweg hinunter, sein gelbes T-Shirt ein leuchtender Punkt im Schatten der Eschen. Es war Anfang September, und noch war nichts ringsum bereit zu sterben. Die Ahornblätter taten so, als wäre ihr Grün für die Ewigkeit. Eschen wuchsen unverwandt dem wolkenlosen Himmel entgegen. Die Sonne begann umso wütender zu strahlen, je näher sie dem Horizont sank. Den Gehweg hinunter, von Hecken und ragenden Bäumen gesäumt, glitt Adam als goldener Fleck durch einen schattigen Tunnel dem Rachen der lebendigen Sonne entgegen.

Adam war für Booker mehr als ein Bruder, mehr als das «A» seiner Eltern, die ihren Nachwuchs in alphabetischer Reihe benannt hatten. Er war derjenige, der Bookers Gedanken und Gefühle kannte, der unter einer rauen Schale immer voller Witz und doch nie verletzend war, der Klügste, der jedes seiner Geschwister liebte, aber Booker vor allen anderen.

Weil er dieses letzte Aufleuchten von Gelb im Tunnel der Straße nicht vergessen konnte, legte Booker eine einzelne gelbe Rose auf den Sargdeckel und später eine weitere ans Grab. Familienangehörige waren aus weiter Ferne angereist, um den Toten zu beerdigen und die Starberns zu trösten. Unter ihnen war auch Mr. Drew, der Vater seiner Mutter. Er war der, der es geschafft hatte, der Großvater, der jedem, der nicht so wohlhabend war wie er, mit offener Feindseligkeit gegenübertrat und den selbst seine Tochter nicht «Daddy» oder «Papa», sondern «Mr. Drew» nannte. Doch selbst dieser alte Mann, der sein Vermögen als skrupelloser Miethai in einem Slumquartier gemacht hatte, besann sich auf die Reste seiner Manieren und verbarg die Verachtung, die er für seine ärmere Verwandtschaft empfand.

Nach der Beisetzung kehrte das Haus zögernd zum gewohnten Alltag zurück, vom Plattenspieler wieder mit den mutmachenden Melodien von Louis und Ella, von Sidney Bechet, Jelly Roll, King Oliver und Bunk Johnson untermalt. Auch die Samstagskonferenzen und -schlemmereien wurden wiederaufgenommen, und Booker und seine Geschwister Carole, Donovan, Ellie, Favor und Goodman gaben sich Mühe, möglichst interessante Antworten auf die gewohnten Fragen zu finden. Bald war die ganze Familie von einer Munterkeit befallen wie die Puppenschar der Sesamstraße, immer nur hoffend, dass gute Laune, wenn man nur hart genug daran arbeitete, die Lebenden betäuben und die Toten zum Schweigen bringen konnte. Booker spürte, wie gewaltsam das Gewitzel und wie gewollt und demütigend die ausgedachten Probleme waren. Bei der Trauerfeier und in den Tagen danach war eine angereiste Tante, die sie Queen nannten, die Einzige gewesen, die sich von der, wie Booker fand, sinnlosen Geschäftigkeit ferngehalten hatte. Sie trug einen Familiennamen, an den sich keiner erinnerte, weil sie angeblich so viele Ehemänner gehabt hatte – einen Mexikaner, dann zwei Weiße, schließlich vier Schwarze und noch einen Asiaten, all das in einer Reihenfolge, die sich niemand merken konnte. Von fülliger Figur und mit feuerroten Haaren, hatte sie zur Überraschung der trauernden Familie den weiten Weg aus Kalifornien nicht gescheut, um an der Beisetzung von Adam teilzunehmen. Sie allein spürte den mit Wut vermischten Kummer ihres Neffen und zog ihn zur Seite.

«Lass ihn nicht gehen», sagte sie. «Nicht, ehe er bereit ist. Und bis dahin klammere dich mit Zähnen und Klauen an ihn. Adam wird dich wissen lassen, wann die Zeit gekommen ist.»

Sie tröstete ihn, sie gab ihm Kraft, und sie bestärkte sein Gefühl, dass die Zensur unfair war, die die Familie über seine Trauer ausübte.

Voller Sorge, dass eine neuerliche Krise ihn abermals der von seinem Vater aufgelegten, seelenweitenden Musik berauben würde, die Booker zur Glättung und Entwirrung seiner widerspenstigen Gefühle so dringend brauchte, fragte er seinen Vater, ob er Trompetenunterricht nehmen dürfe. Aber sicher, erwiderte Mr. Starbern, vorausgesetzt nur, dass er die Hälfte der Unterrichtskosten selbst aufbrachte. Booker nervte sämtliche Nachbarn mit dem Angebot von Hilfsarbeiten und bekam tatsächlich genug Geld zusammen, um die Samstagskonferenzen gegen Trompetenstunden eintauschen und seine wachsende Unduldsamkeit mit den Geschwistern dadurch dämpfen zu können. Wie konnten sie so tun, als wäre alles vorbei? Wie konnten sie vergessen und einfach weitermachen? Wer und wo war der Mörder?

Sein Trompetenlehrer war bereits am Vormittag leicht angesäuselt, aber trotzdem ein ausgezeichneter Musiker und ein noch besserer Lehrer.

«Du hast die Lunge und die Finger, was du noch brauchst, sind die Lippen. Wenn du die drei Dinge beisammenhast, dann denk nicht mehr an sie, dann lass die Musik raus.»

Was ihm mit Fleiß und Zähigkeit gelang.

Sechs Jahre später, als Booker vierzehn und ein halbwegs fertiger Trompetenspieler war, wurde der netteste Mann, den man sich vorstellen konnte, gefasst, vor Gericht gestellt und verurteilt – wegen Mordes aus sexuellen Motiven, begangen an sechs Knaben, deren Namen, darunter auch der von Adam, er sich auf die Schultern hatte tätowieren lassen. Boise. Lenny. Adam. Matthew. Kevin. Roland. Ganz offenbar ein Killer ohne Vorurteile, dieser netteste Mann, den man sich vorstellen konnte, denn die Herkunft seiner Opfer war so repräsentativ wie der Videoclip von *We Are the World*. Der Tätowierer sagte, er habe angenommen, dass es sich um die Namen der Kinder seines Kunden handle, nicht um die anderer Personen.

Der netteste Mann, den man sich denken konnte, war ein freundlicher Automechaniker im Ruhestand, der zu

Reparaturen aller Art ins Haus kam. Besonders hilfreich war er bei alten Kühlgeräten – den unverwüstlichen Kühl- und Gefrierschränken von Philco und General Electric aus den fünfziger Jahren –, und bei alten Gasthermen und -öfen. «Verschmutzung!», pflegte er zu sagen. «Die meisten Geräte sterben, weil sie nie gereinigt werden.» Jeder, der ihn beschäftigt hatte, erinnerte sich an diesen Spruch. Ein anderes Kennzeichen, das manche im Gedächtnis behalten hatten, war sein Lächeln, das so gewinnend, ja anziehend gewesen war. Im Übrigen war er genau, tüchtig und, nun ja, nett. Das Einzige, das fast niemand vergessen hatte, war der süße kleine Hund, der immer in seinem Lieferwagen mitfuhr, ein Terrier namens «Boy». Die Polizei hielt so viele Einzelheiten unter Verschluss, wie sie nur konnte, aber die Familien der getöteten Jungen ließen sich nicht so leicht abspeisen. Die Tatsachen konnten nicht schlimmer sein als ihre Albträume von dem, was ihren Kindern angetan worden sein mochte. Sechs Jahre des Kummers und der offenen Fragen verdichteten sich um ihre Erinnerungen an den Besuch im Leichenschauhaus, an den stockenden Atem, die Tränen, die versteinerten Gesichter oder die hilflose Ohnmacht, in der sie sich auf dem Rücken liegend wiederfanden.

Es war nicht viel übrig von Adam, als er gefunden wurde, aber die Details der späteren Entführungen waren grauenhaft. Offenbar waren die Kinder gefesselt, während sie missbraucht und gequält wurden, und es kam sogar zu Amputationen. Der netteste Mann, den man sich vorstellen konnte, musste seinen kleinen weißen Terrier als Köder benutzt haben. Eine der wichtigsten Belastungszeuginnen, eine ältere Witwe, erinnerte sich, ein Kind auf dem Beifahrersitz des Lieferwagens gesehen zu haben, das einen kleinen Hund in die Höhe hielt und lachte. Später, nachdem sie Fahndungsplakate mit dem Bild eines vermissten Kindes in Schaufenstern, an Leitungsmasten und an Bäumen gesehen hatte, glaubte sie den lachenden Jungen wiederzuerkennen und rief die Polizei an. Natürlich kannten sie den Lieferwagen. An seinen Seiten war in roten und blauen Lettern eine Werbebotschaft aufgemalt: PROBLEM ERKANNT – PROBLEM GEBANNT! WM. V. HUMBOLDT REPARIERT VOR ORT! Als Mr. Humboldts Haus durchsucht wurde, fand man im Keller eine schmutzige Matratze mit eingetrockneten Blutflecken und eine reichverzierte Keksdose, in der sich, sorgfältig eingewickelt, vertrocknete Fleischstücke befanden, die unschwer als kleine Penisse zu erkennen waren. Der öffentliche Aufschrei, der Rache forderte in der Maske der Gerechtigkeit, war wütend und qualvoll. Protestplakate, Demonstrationen vor dem Gerichtsgebäude, Leitartikel – alle schienen einzig dadurch zu besänftigen zu sein, dass der Angeklagte einen Kopf kürzer gemacht wurde. Booker stimmte in den Chor ein, war von einer so einfachen Lösung aber keineswegs befriedigt. Er wollte nicht den Tod des Mannes, er wollte sein Leben. Er erging sich in endlosen Gedankenspielen, wie man ihn foltern und in einen Abgrund von Verzweiflung treiben könnte. Gab es in Afrika nicht einen Stamm, bei dem die Leiche eines Ermordeten dem Mörder auf den Rücken geschnallt wurde? Das wäre die wahre Gerechtigkeit – den verfaulenden Leichnam als körperliche Last und als öffentliche Brandmarkung und Schande mit sich herumschleppen zu müssen. Die Empörung, der öffentliche Aufruhr rund um den Prozess gegen den nettesten Mann, den man sich vorstellen konnte, gingen Booker fast so nahe wie der Tod seines Bruders. Die Verhandlung selbst war kurz, aber es schien ihm eine Ewigkeit zu dauern, bis sie endlich begann. Während der Tage der fetten Schlagzeilen, der Radionachrichten, des Geredes in der ganzen Nachbarschaft kämpfte er darum, seine Gefühle zu bewahren, sie als etwas Persönliches zu verteidigen und von dem Leid und der aufgestachelten Wut der anderen Familien abzugrenzen. Adams tragisches Schicksal war für ihn kein öffentliches Eigentum, das mit einer Zeile aus der Liste der sechs Opfer in der Zeitung abzuhandeln war. Es gehörte nur den beiden Brüdern, dem lebenden und dem toten. Zwei Jahre später kam er auf eine Lösung, die ihn befriedigte und ihm Ruhe verschaffte. Er wiederholte die symbolische Geste, die er bei der Beisetzung gemacht hatte, indem er sich eine kleine Rose auf die linke Schulter tätowieren ließ. War es der gleiche Stuhl, auf dem der Täter gesessen hatte, dieselbe Nadel, die in dessen kreideweiße Haut gestochen worden war? Er fragte nicht nach. Der Tätowierer verfügte nicht über das leuchtende Gelb aus Bookers Erinnerung, und so einigten sie sich auf ein Rot, das ins Orange spielte.

Die Aufnahme ins College bot Erleichterung wie auch Zerstreuung, und er war bald bezaubert vom Campusleben – nicht von den Kursen oder Professoren, aber umso mehr von seinen lebhaften, gewitzten Kommilitonen, und dieser Zauber hielt zwei Jahre lang an. Das Einzige, was er in diesen zwei Jahren tat, war reagieren: Er feixte, lachte, lehnte ab, wies Fehler nach, verachtete, kurz, er erging sich in all dem, was bei jungen Männern als kritisches Denken durchgeht. Zusammen mit den Kumpeln aus seinem Wohnheim klassifizierte er Mädchen nach den Maßstäben von Männermagazinen und Pornovideos, und gegenseitig klassifizierten sie sich in Anlehnung an die Helden von Actionfilmen, die sie gesehen hatten. Die Cleveren brausten durch das Studium, die Hochbegabten flogen raus. Er war im vorletzten Studienjahr, als sich sein milder Zynismus in eine Depression verwandelte. Die Ansichten seiner Kommilitonen begannen ihn zu langweilen und gleichzeitig zu beunruhigen, nicht nur, weil sie so vorhersehbar waren, sondern auch, weil sie jedes ernsthafte Nachdenken blockierten. Auf der Trompete konnte er sein Spiel des «Wild Cat Blues» perfektionieren, in der Studentenschaft dagegen waren neue, kreative Ideen nicht erforderlich, und keiner durchdrang den bequemen Nebel jugendlicher Fehlbarkeit. Studentische Proteste gegen den Irakkrieg, die den Campus einst erschüttert hatten, gehörten der Vergangenheit an. Jetzt schwang der Sarkasmus seine siegreiche Flagge, und Gekicher war sein Fahneneid. Vorauseilende Manipulation seitens der Professoren war die Regel geworden. So stellte Booker sich abermals die Fragen, die seine Eltern bei den Samstagskonferenzen in der Decatur Street Nummer eins gestellt hatten: 1. Was hast du Neues gelernt, und woher weißt du, dass es stimmt? 2. Welches Problem hast du im Augenblick?

1. Bis jetzt gar nichts. 2. Verzweiflung.

Dennoch gab er die Hoffnung auf substanzielle Erkenntnis oder wenigstens eine Nische für seine Verzweiflung nicht auf und bewarb sich für ein Graduiertenstudium. Von nun an konzentrierte er sich darauf, die Spur des Geldes zu verfolgen, von den Anfängen im Tauschhandel bis zur Bombe. Es wurde eine fesselnde intellektuelle Reise für ihn, die seinen Zorn kontrollierte, kanalisierte und Klarheit schuf über Rassismus, Armut, Krieg. Die Welt der Politik war ihm verhasst. Ihre Vertreter, ob konservativ oder fortschrittlich, schienen ihm irregeleitete Träumer zu sein. Die Revolutionäre, ob bewaffnet oder friedlich, hatten keine Ahnung, was nach ihrem «Sieg» geschehen sollte. Wer hätte die Macht? Das «Volk»? Also bitte! Was meinte dieses Wort überhaupt? Das beste Resultat wäre noch, wenn sich eine neue Idee unter der Bevölkerung verbreitete, die dann vielleicht von einem Politiker aufgegriffen würde. Der Rest war Theater auf der Suche nach einem Publikum. Das Streben nach Profit allein erklärte alle Übel, die die Menschheit befallen hatten, und er war entschlossen, sich in seinem Leben davon fernzuhalten. Er wusste genau, über welche Themen er Aufsätze und Bücher schreiben würde, und sammelte an Material, was ihm in die Finger kam. Neben der einschlägigen Fachliteratur las er hin und wieder Gedichte und ein paar Zeitschriften. Keine Romane – weder Klassiker noch Unterhaltungsware. Manche Gedichte gefielen ihm, weil sie wie Musik waren, und manche Zeitschriften, weil sie Aufsätze enthielten, die das Ineinander von Politik und Kultur beleuchteten. Während dieses Graduiertenstudiums begann er, noch etwas anderes zu schreiben als Stoffsammlungen für künftige Essays. Er fing an, Sätze ohne Punkt und Komma in eine musikalische Sprache zu übersetzen, die die Fragen, die ihn bewegten, und die Antworten, die er gefunden hatte, zum Ausdruck brachte.

Das meiste davon landete im Papierkorb, aber einiges bewahrte er auf.

Als er seinen Master-Abschluss endlich in der Tasche hatte, fuhr Booker allein nach Hause, wo der Anlass mit einem Festessen gefeiert werden sollte, das seine Mutter arrangiert hatte. Er überlegte, ob er Felicity, seine Gelegenheitsfreundin, mitnehmen solle, entschied sich aber dagegen. Er wollte nicht, dass eine Außenstehende über seine Familie urteilte. Das war seine Sache.

Alles verlief glatt und fast in fröhlicher Stimmung bei diesem Familientreffen, bis er nach oben in sein Jugendzimmer ging, das er gemeinsam mit Adam bewohnt hatte. Was er dort suchte, wusste er nicht so recht. Das Zimmer hatte sich nicht nur verändert, es war Stück für Stück in sein Gegenteil verwandelt – ein Doppelbett statt der getrennten Betten; weiße Stores statt Jalousien; ein niedlicher Läufer unter einem winzigen Schreibpult. Am schlimmsten war der Schrank, der einst ihre Baseballschläger, Basketbälle, Brettspiele und dergleichen enthalten hatte und jetzt mit den Mädchenkleidern seiner Schwester Carole vollgestopft war. Förmlich den Atem verschlug es ihm vor Erbitterung, als er entdeckte, dass sein altes Skateboard – das gleiche wie jenes, das mit Adam verschwunden war – sich ebenfalls nicht mehr im Zimmer befand. Schwach vor lauter Traurigkeit ging Booker wieder nach unten. Als er aber seine Schwester sah, verwandelte seine bleiche Schwäche sich in deren flammenden Zwilling – Wut. Er suchte den Streit, und den konnte er von Carole haben. Die Auseinandersetzung wurde laut und drohte auf die ganze Familie überzugreifen, bis Mr. Starbern ein Machtwort sprach.

«Schluss jetzt, Booker! Du bist nicht der Einzige, der trauert. Die Menschen zeigen ihren Kummer auf verschiedene Weise.» Die Stimme seines Vaters klang scharf wie eine Messerklinge.

«Passt schon. Okay.» Bookers Ton war feindselig, von Verachtung gesäumt.

«Du führst dich auf, als wärst du der Einzige in dieser Familie, der ihn geliebt hat. Das hätte Adam nicht gewollt», sagte sein Vater.

«Du musst ja wissen, was er gewollt hätte.» Es gelang Booker, seine Tränen zu unterdrücken.

Mr. Starbern erhob sich vom Sofa. «Jedenfalls weiß ich, was ich will. Ich will, dass du dich in diesem Haus benimmst – oder verschwindest.»

«Nicht doch», flüsterte Mrs. Starbern. «Sag so was nicht.»

Vater und Sohn starrten einander an, die Blicke fixiert in militärischer Aggression. Mr. Starbern gewann die Schlacht, und Booker verließ das Haus, nicht ohne die Tür mit Nachdruck hinter sich zu schließen.

Er verließ das einzige Zuhause, das er je gekannt hatte, und so war es durchaus passend, dass er in einen Wolkenbruch hinaustrat. Der Regen zwang ihn, seinen Kragen hochzuschlagen und den Kopf einzuziehen, sodass er aussah wie ein Dieb in der Nacht. Die Augen zusammengekniffen, die Schultern hochgezogen, ging er in einer Stimmung durch die Decatur Street, die dem Gewittersturm in nichts nachstand. Vor dem Streit mit Carole hatte er seinen Eltern vorgeschlagen, sich irgendetwas zu überlegen, womit sie Adam ein Denkmal setzen könnten – zum Beispiel die Stiftung eines kleinen Stipendiums in seinem Namen. Seine Mutter fand Gefallen an der Idee, aber sein Vater runzelte die Stirn und war entschieden dagegen.

«Wir haben kein Geld übrig für so was, und wir haben auch nicht die Zeit, mit dem Hut herumzugehen und das Geld einzusammeln», sagte er. «Und außerdem brauchen die Menschen, die Adam gekannt und geschätzt haben, nicht extra an ihn erinnert zu werden.»

Eine giftige Stimmung gegen seinen Vorschlag hatte Booker bereits vorher bei den Geschwistern verspürt, nicht nur bei Carole, sondern auch bei den jüngeren. Für Favor und Goodman sah es so aus, als wolle Booker eine Statue errichten, und das für einen Bruder, den sie kaum kannten, weil sie noch Babys gewesen waren, als er starb. Was Booker als Treuebekenntnis der Familie verstand, war für die anderen eine Manipulation, ein Versuch, ihnen etwas aufzuzwingen und väterlicher zu sein als ihr Vater. Nur weil er zwei College-Abschlüsse hatte, bildete er sich offenbar ein, hier alle herumkommandieren zu können. Sie verdrehten die Augen angesichts solcher Arroganz.

Als er dann in dem Zimmer stand, das er und Adam bewohnt hatten, und als er sah, dass nicht nur Adam, sondern auch er selbst keinen Platz mehr darin hatte, wurde die Ablehnung, die seiner Idee entgegengeschlagen war, zu einer würgenden Schlinge. Dass er die Tür zu seiner Familie hinter sich schloss und in den Regen hinaustrat, war nur noch die Besiegelung einer vollendeten Tatsache.

«Okay, geht klar», sagte Felicity, als Booker fragte, ob er für eine Weile bei ihr unterschlüpfen könne. Er war dankbar für ihre rasche Zusage, denn sobald er aus dem Studentenwohnheim ausgezogen war, hatte er keine Bleibe mehr. Im Bus zurück zur Uni lenkte ihn die Lektüre einer alten Nummer von *Daedalus*, die er mitgenommen hatte, vom Grübeln über die Enttäuschung ab, die seine Familie ihm bereitet hatte. Umso heftiger erwischte es ihn, als er im Wohnheim ankam und die Überbleibsel seines Collegelebens in Kartons zu schmeißen begann – Lehrbücher, Laufschuhe, Klamotten im Schlabberlook, Notizhefte, Zeitschriften, alles außer seiner geliebten Trompete. Als er es endlich selbst nicht mehr aushielt, sich als der so empörend Missverstandene zu bemitleiden, rief er seine Freundin an. Felicity war als Aushilfslehrerin tätig, und ihre Beziehung mit Booker hatte vor allem deshalb zwei Jahre lang gehalten, weil die beiden immer wieder für längere Zeit getrennt waren. Sie wurde gerufen, wenn ein festangestellter Lehrer irgendwo plötzlich ausfiel, was bedeutete, dass sie unregelmäßig und oft an weit entfernten Orten beschäftigt war. Deshalb fand Booker nichts dabei, sie zu fragen, ob er vorübergehend bei ihr einziehen könne. Beide wussten, dass es um Bequemlichkeit ging und nicht um Bindung. Es war Sommer, Felicity hatte zu dieser Zeit kaum einen Aushilfsjob zu erwarten, und so konnten sie sich gemeinsam eine schöne Zeit ohne Zeitdruck machen, konnten ins Kino gehen, essen gehen, gemeinsam laufen, wonach auch immer ihnen der Sinn stand.

Eines Abends nahm Booker Felicity ins Pier 2 mit, ein heruntergekommenes Ess- und Tanzlokal, dessen beworbene Besonderheit eine Live-Combo war. Über seinen Shrimps mit Reis dachte Booker, wie schon oft, dass dem Quartett auf der winzigen Bühne eine Bläserstimme guttun würde. Überall in der populären Musik gaben die Saiten den Ton an – Gitarre, Bass, Klavier, unterstützt vom Schlagzeug. Im Gegensatz zu den großen Formationen der Stars, etwa dem Wynton-Marsalis-Orchester oder der E Street Band, spielten in den kleinen Gruppen selten Saxophon, Klarinette oder Blechbläser mit, weder im Solo noch als Begleitung, und diese Lücke schmerzte ihn. Deshalb ging er an diesem Abend in einer Musikpause hinter die Bühne in die enge Garderobe, die erfüllt war vom Rauch der Joints und dem Lachen der Musiker, und fragte, ob er gelegentlich mal mitspielen dürfe. Weil sie ihre Gage nicht mit einem weiteren Spieler teilen wollten, dazu noch einem, den sie nicht kannten, folgte die Abfuhr auf dem Fuße.

«Hau bloß ab, Mann.»

«Wer hat dich hier reingelassen?»

«Ihr könntet mich ja wenigstens mal anhören», flehte er. «Ich spiele Trompete, und ein wenig Blech würde euch guttun.»

Die Gitarristen verdrehten die Augen, aber der Drummer sagte: «Bring dein Horn am Freitag mal mit. Das ist der Tag, wo's nichts ausmacht, wenn du 'ne Niete bist.»

Er erzählte Felicity nicht, dass er demnächst vorspielen würde. Nichts interessierte sie weniger als seine Musik.

Wie vom Drummer vorgeschlagen, brachte Booker sein Instrument am Freitag mit und spielte ihnen in der Garderobe ein Solo vor, das so sehr nach Louis Armstrong klang, wie es ihm eben möglich war. Der Drummer nickte, der Klavierspieler lächelte, und die beiden Gitarristen sagten zumindest nichts dagegen. Von da an spielte Booker den ganzen Sommer hindurch in dieser Band, die sich The Big Boys nannte – aber immer nur am Freitag, wenn das Lokal so voll und laut war, dass keiner der Gäste auf die Musik achtete.

Als sich die Big Boys im September auflösten – der Drummer zog weg; der Klavierspieler fand einen besseren und größeren Gig –, begannen Booker und die Gitarristen Michael und Freeman Chase auf den Straßen zu spielen, die sie mit obdachlosen Veteranen teilten, in deren Augen die kalte Wut stand – eine Wut, die auch nicht wich, wenn sie mehr Geld erbetteln konnten, weil sie von Musik umgeben waren. Es war die schönste Zeit in Bookers Leben, aber sie war nicht von Dauer. Als der Sommer zu Ende ging, war das Band zwischen Booker und Felicity so durchgescheuert, dass nichts mehr zu flicken war. Solange der Sommer währte, hatten sie es genossen, Zimmer und Bett zu teilen, aber dann begannen sie sich an Gewohnheiten zu stören, die ihnen vorher kaum aufgefallen waren. Felicity beklagte sich über sein lautes Üben mit der Trompete und über seine Weigerung, jeden Abend mit ihren Freunden Party zu machen. Er verabscheute ihren Zigarettenrauch, ihren Geschmack in puncto Wein und Musik und auch ihre Auswahl der Speisen, die sie zum Picknick mitnahmen. Ständig bekam sie Besuch von Angehörigen, was sie sich nicht nehmen lassen wollte, und außerdem war sie neugierig und mischte sich in seine Angelegenheiten ein. Vor allem aber fand er sie unerträglich kleinlich. Felicity ihrerseits fand ihn ebenso unangenehm und nervig wie er sie. Sie glaubte, den Verstand zu verlieren, wenn sie nur noch ein Mal Donald Byrd oder Freddie Hubbard oder Blue Mitchell oder einen seiner anderen Lieblingsmusiker hören musste. Sie fing an, ihn für einen Frauenfeind und einen Versager zu halten. Trotzdem wären sie, ungeachtet der wechselseitigen Animosität, die wie ein Schimmelpilz zwischen ihnen wucherte, vielleicht zusammengeblieben, hätte es nicht diesen einen Vorfall gegeben: Bookers Festnahme und die Nacht, die er im Polizeigewahrsam verbringen musste.

Er war an einem vor einer Baulücke parkenden Toyota vorbeigekommen, in dem ein Paar saß, das abwechselnd an einem Crackpfeifchen saugte. Die beiden Crackheads interessierten ihn nicht weiter, bis er das etwa zweijährige Kind bemerkte, das weinend und schreiend auf dem Rücksitz des Wagens stand. Er ging hin, riss die Tür auf, zerrte den Mann heraus, schlug ihm mitten ins Gesicht und kickte die Pfeife, die zu Boden gefallen war, mit einem Fußtritt weg. Dann sprang die Frau auf der anderen Seite heraus und lief um den Wagen herum, um ihrem Partner beizustehen. Die Dreier-Prügelei, die sich entwickelte, war eher eine Lachnummer, aber sie war laut und langwierig genug, um erst Passanten und dann die Polizei auf den Plan zu rufen. Alle drei wurden festgenommen, und das schreiende kleine Mädchen kam in die Obhut des Jugendamtes.

Felicity musste das Bußgeld bezahlen. Der Richter war bei Booker milde gestimmt, weil er die drogensüchtigen Eltern ebenso empörend fand. Gegen sie leitete er ein Verfahren ein, während Booker mit einer Geldstrafe wegen Störung der öffentlichen Ordnung davonkam. Der ganze Vorfall erbitterte Felicity, die sich laut fragte, warum er sich in Dinge einmischte, die ihn nicht betrafen.

«Für wen hältst du dich eigentlich, für Batman?»

Booker betastete seine rechten Backenzähne, um zu sehen, ob einer gelockert oder ausgeschlagen war. Die Frau hatte mehr Kraft gehabt als der Mann, der wild herumfuchtelte, aber keinen Treffer landete. Sie dagegen hatte ihm einen blitzsauberen Kinnhaken verpasst.

«Es war ein kleines Kind im Wagen. Ein Baby!», sagte er.

«Aber es war nicht dein Kind, und das Ganze ging dich nichts an», schrie Felicity.

Ein wenig gelockert, fand Booker, aber er wollte ja sowieso mal zum Zahnarzt gehen.

Als sie im Bus saßen und nach Hause fuhren, wussten beide ohne ein weiteres Wort, dass es vorbei war. Felicity meckerte noch eine reichliche Stunde nach der Rückkehr in ihre Wohnung an ihm herum, aber angesichts seines eisernen Schweigens gab sie schließlich auf und ging unter die Dusche. Booker gesellte sich nicht zu ihr, wie er es früher stets getan hatte.

Bookers Erfahrungen auf dem Arbeitsmarkt waren spärlich. Sie beschränkten sich auf ein von Peinlichkeiten und Pleiten überschattetes Semester als Musiklehrer an der Unterstufe einer Highschool – mangels Diplom die einzige Nische, in der er unterrichten durfte – und auf diverse Vorspieltermine als Trompeter, aus denen sich nie ein Engagement ergab. Er spielte gut, aber nicht gut genug für das harte Musikgeschäft.

Genau in dem Augenblick, da es eng wurde, machte Carole ihn ausfindig, um ihm das Schreiben einer Anwaltskanzlei zu überbringen, und sein Leben wandte sich zum Besseren. Mr. Drew war gestorben, und zur allgemeinen Überraschung hatte er im Testament nicht seine Kinder, sehr wohl aber seine Enkel bedacht. Booker sollte sich mit seinen Geschwistern das Vermögen teilen, mit dem der Alte immer so geprahlt hatte. Er verzichtete darauf, über die Gier und die Skrupellosigkeit nachzudenken, denen dieses Vermögen zu verdanken war. Er sagte sich, dass der Tod seines Großvaters das durch Wuchermieten erwirtschaftete Geld gereinigt hatte. Nicht übel. Jetzt konnte er eine eigene Bleibe mieten, ein ruhiges Zimmer in einem ruhigen Viertel, und weiter Trompete spielen, auf den Straßen oder in kleinen, abgewirtschafteten Clubs. Weil sie keinen Zugang zu Studios hatten, traten die drei Männer an Straßenecken auf. Nicht für Geld, was erbärmlich genug gewesen wäre, sondern um in Übung zu bleiben und miteinander experimentieren zu können, vor einem Publikum, das nichts bezahlt hatte und deshalb weder forderte noch kritisierte.

Dann kam ein Tag, der ihn und seine Musik verwandelte.

Nur noch sprachlos angesichts ihrer Schönheit starrte Booker mit offenem Mund die junge, bläulich-schwarze Frau an, die lachend am Bordstein stand. Ihre Kleidung war weiß, ihr Haar wie eine Million schwarzer Schmetterlinge, die auf ihrem Kopf schliefen. Sie unterhielt sich mit einer anderen Frau – kreideweiß mit blonden Dreadlocks. Eine Limousine rangierte an die Bordsteinkante heran, und die beiden warteten darauf, dass der Fahrer ausstieg und ihnen den Schlag öffnete. Obwohl es ihn betrübte, die Limousine wegfahren zu sehen, lächelte Booker und lächelte noch immer, als er zu dem U-Bahn-Eingang weiterging, wo er mit den beiden Gitarristen spielte. Keiner von den beiden war da, kein Michael und auch kein Chase, und erst in diesem Augenblick bemerkte er den Regen – leicht und stetig. Die Sonne schien noch, sodass die Tropfen wie Kristalle aus einem babyblauen Himmel fielen und sich als blitzende Splitter auf dem Pflaster verteilten. Er beschloss, trotzdem auf seiner Trompete zu spielen, allein und im Regen, obwohl ihm klar war, dass keiner der Passanten stehenbleiben und zuhören würde. Stattdessen klappten sie ihre Schirme zusammen und eilten an ihm vorbei, zu den Zügen hinunter. Noch immer im Bann der schieren Schönheit des Mädchens, das er gerade gesehen hatte, setzte er die Trompete an die Lippen. Was erklang, war eine Musik, wie er sie nie zuvor gespielt hatte. Tiefe Noten, gedämpft und lange, viel zu lange ausgehalten, während die Melodie durch den Vorhang der Regentropfen strömte.

Booker fand keine Worte, die seine Gefühle beschrieben hätten. Er wusste nur, dass die regenfeuchte Luft nach Lilien roch, als er spielte und dabei an sie dachte. Straßen mit verdreckten Rinnsteinen wirkten interessant, nicht schmutzig; Bodegas, Kosmetikstudios, Diners, zusammengedrängte Billigläden wirkten anheimelnd, geradezu freundlich. Jedes Mal, wenn er sich ihre Augen vorstellte, wie sie ihn anfunkelten, oder ihre Lippen, wie sie sich zu einem unbeschwerten, auffordernden Lächeln öffneten, verspürte er nicht nur ein Aufwallen von Sehnsucht, sondern auch eine Auflösung all des Düsteren, mit dem ihn Adams Tod seit Jahren umgeben hatte. Als er aus dieser Dunkelheit heraustrat und mit seinen Gefühlen wieder so im Reinen war wie damals, ehe Adam in den Sonnenuntergang rollte, stand sie vor ihm: eine mitternächtliche Galatea, die schon immer und endlich wieder lebendig war.

Ein paar Wochen nachdem er sie erstmals gesehen hatte, als sie auf den Wagen wartete, traf er sie wieder, diesmal beim Schlangestehen vor dem Stadion, in dem die Black Gauchos auftraten – eine angesagte neue Band, die brasilianisch angehauchten New-Orleans-Jazz spielte und hier nur dieses eine Konzert gab. Die Schlange war lang, laut und unruhig, aber als die Tore geöffnet wurden, gelang es ihm, sich bis auf die vierte Position an sie heranzudrängeln, und als die Menge seitlich in die Sitzreihen abfloss, stand er plötzlich genau hinter ihr.

In der musikgeschwängerten Atmosphäre, in der die Körper kein Gesetz kannten und das Begehren sich verdichtete wie geschlagene Sahne, war es mehr als nur natürlich, ihre Taille mit den Armen zu umfangen – es war unvermeidlich. Und so tanzten sie zusammen und tanzten und tanzten. Als die Musik verstummte, drehte seine Galatea sich um und sah ihn an und schenkte ihm genau das unbeschwerte Lächeln, das er sich immer vorgestellt hatte.

«Bride», sagte sie, als er nach ihrem Namen fragte.

«Gottverdammt», flüsterte er.

Ihr Liebesspiel war, vom ersten Augenblick an, voller Raffinesse, dabei entspannt und ausgiebig, und es war

Booker so wertvoll, dass er sich nächtelang zurückhielt, um die Rückkehr in ihr Bett jedes Mal zu etwas Neuem zu machen. Es war eine Beziehung ohne einen einzigen wunden Punkt. Was ihm besonders angenehm auffiel, war ihr fehlendes Interesse an seinem sonstigen Leben. Anders als bei Felicity gab es keine Neugier, kein Auf-den-Busch-Klopfen. Bride war umwerfend schön, locker, hatte jeden Tag irgendetwas zu tun und musste ihn nicht in jeder Minute um sich haben. Ihr Narzissmus passte zu ihrer Tätigkeit in der Kosmetikbranche und war überdies ein perfektes Spiegelbild seiner Besessenheit von ihr. Wenn sie von ihren Mitarbeiterinnen und Produkten und Märkten loslegte und vom Hundertsten ins Tausendste kam, starrte er nur in ihre hypnotisierenden Augen, in denen so viel mehr zu lesen war, als ihre Worte sagten. Sprechende Augen, so dachte er, untermalt von der Musik ihrer Stimme. Jede körperliche Eigenheit – die Wölbung ihrer Wangenknochen, ihr lockender Mund, ihre Nase, ihre Stirn, ihr Kinn und natürlich diese Augen – wurde noch außergewöhnlicher, ästhetisch noch ansprechender durch den mitternächtlichen Obsidianteint ihrer Haut. Ob er unter ihr lag oder sich über sie schwang oder sie im Arm hielt, immer war er gebannt von ihrer Schwärze. Er hatte dann das Gefühl, dass er die Nacht nicht nur umarmte, sondern dass er sie besaß, und wenn die Nacht in seinen Armen nicht genug war, so hatte er immer noch das Sternenlicht in ihren Augen. Ihr unschuldiger, selbstvergessener Humor begeisterte ihn. Als sie, die kein Make-up trug, obwohl sie in einer Firma arbeitete, in der sich alles um Kosmetik drehte, ihn um Hilfe bei der Auswahl der attraktivsten Farbnuancen von Lipgloss bat, konnte er nur noch lachen. Ihre Vernarrtheit in ausschließlich weiße Kleidung amüsierte ihn. Weil er sie nicht mit der Öffentlichkeit teilen wollte, hatte er selten Lust, in Clubs zu gehen. Trotzdem war es von unwiderstehlichem Reiz, in schummerigen, uncoolen Kellern mit ihr zu tanzen, wenn aus den Lautsprechern Michael Jacksons Sopran oder James Browns Grunzen erklang. Sie in überfüllten Rapperkneipen an sich zu pressen, bezauberte sie beide. Er verweigerte ihr nichts, nur auf Shoppingtour begleitete er sie nie.

Manchmal, wenn auch selten, ließ sie die hippe Fassade der so faszinierend erfolgreichen Geschäftsfrau, die alles unter Kontrolle hatte, fallen und beichtete ihm irgendeinen Makel oder eine schmerzliche Kindheitserinnerung. Und er, der so gut wusste, wie Kindheitswunden eitern und nie verschorfen, tröstete sie und verbarg die Wut, die er bei der Vorstellung empfand, dass ihr jemand weh tat.

Brides komplizierte Familienverhältnisse mit einer Mutter, von der sie abgelehnt, und einem Vater, von dem sie verstoßen worden war, brachten es mit sich, dass sie, genau wie er, keine familiären Bindungen hatte. Sie waren zu zweit und nur zu zweit, und abgesehen von ihrer abscheulichen Pseudofreundin Brooklyn gab es immer weniger Störungen aus ihrem Kollegenkreis. Er spielte nach wie vor mit Chase und Michael an den Wochenenden und manchen Nachmittagen, aber es gab wunderbare Vormittage in der Sonne am Strand oder kühle Abende mit Händchenhalten im Park als Vorspiel zu der sexuellen Choreographie, die sie in jedem Winkel von Brides Wohnung aufführten. Nüchtern wie Priester und erfindungsreich wie der Teufel erfanden sie den Sex neu. So kam es ihnen jedenfalls vor.

Wenn Bride im Büro war, nutzte Booker das Alleinsein zum Üben auf der Trompete, oder er schrieb kleine Botschaften, die er seiner Lieblingstante Queen schickte, und weil es keine Bücher in Brides Wohnung gab – nur Mode- und Klatschmagazine –, ging er häufig in die Bibliothek, um Bücher zu lesen oder wiederzulesen, die er während seines Studiums übersehen oder missverstanden hatte. *Der Name der Rose* gehörte dazu oder *Remembering Slavery*, ein Sammelband, der ihn so berührte, dass er zum Gedenken an die darin erzählten Schicksale ein sentimentales, zweitrangiges Musikstück komponierte. Er las Mark Twain und genoss die Grausamkeit seines Humors. Er las Walter Benjamin in einer Übersetzung, deren Schönheit ihn beeindruckte, und er nahm sich neuerlich die Autobiographie von Frederick Douglass vor und fand zum ersten Mal Geschmack an der sprachlichen Eleganz, die den Hass verbarg und zugleich kenntlich machte. Er las Herman Melville und ließ sich von Pip das Herz brechen, weil er ihn an Adam erinnerte, einsam, verlassen und verschlungen von Wellen des beiläufig Bösen.

Sechs Monate der Glückseligkeit aus genussreichem Sex, ungezügelter Musik, herausfordernder Lektüre und der Gesellschaft einer lässigen, nichts fordernden Bride waren vergangen, als das Märchenschloss in den Schlamm und Sand zusammensank, auf dem seine Kulissen errichtet worden waren. Und Booker lief weg.

VIERTER TEIL

BROOKLYN

Nichts. Ein Anruf in der Vorstandsetage mit der Bitte um eine Verlängerung des Urlaubs. Zwecks Reha. Emotionale Reha, was auch immer. Aber nichts darüber, wo sie hinwill oder warum – bis heute. Eine Nachricht, auf ein gelbes, liniertes Blatt aus einem Notizblock gekritzelt. Lieber Himmel. Ich brauchte sie nicht zu lesen, um zu wissen, was drinstand. «Tut mir leid, dass ich abgehauen bin. Ich musste es tun. Abgesehen von dir ist alles auseinandergebrochen blablabla ...»

Schöne dumme Kuh. Kein Wort darüber, wohin sie unterwegs ist oder wie lange sie weg sein wird. Bei einem bin ich ganz sicher: Sie ist diesem Kerl auf der Spur. Ich kann ihre Gedanken lesen wie eine Laufschrift am unteren Bildrand des Fernsehers. Ich hatte diese Fähigkeit schon als Kind. Zum Beispiel als unsere Vermieterin das Geld geklaut hat, das auf dem Esszimmertisch lag, und dann behauptet hat, dass wir mit den Zahlungen im Rückstand sind. Oder wenn mein Onkel wieder mal dran dachte, mir die Finger zwischen die Beine zu stecken. Ich kriegte das mit, ehe er's selber wusste, und dann versteckte ich mich oder lief weg oder jammerte meiner Mutter was von einem Bauchweh vor, sodass sie aus ihrem betrunkenen Dämmer hochschreckte und mich zu sich nahm. Ehrlich wahr! Ich hab immer gespürt, was die Leute wollen und wie ich sie zufriedenstellen kann. Oder eben nicht. Nur ein Mal hab ich falschgelegen – bei Brides Liebhaber.

Ich bin auch mal weggelaufen, Bride, aber da war ich vierzehn, und keiner hat sich um mich gekümmert, nur ich selbst, und deshalb habe ich mich selbst erfunden und hart gemacht. Von dir hab ich das auch gedacht, außer, wenn's um die Männer geht. Ich hab sofort gewusst, dass dein letzter – ein Betrüger, wenn ich je einen gesehen habe – dich in das verängstigte kleine Mädchen verwandeln würde, das du mal warst. Ein Streit mit einem durchgeknallten Ganoven, und schon gibst du auf und bist blöd genug, den besten Job der Welt hinzuschmeißen.

Ich habe mit Putzen in einem Friseursalon angefangen und dann gekellnert, bis ich den Job im Drugstore bekam. Lange vor *Sylvia Inc.* habe ich wie eine Teufelin um jeden meiner Jobs gekämpft, und nichts, wirklich nichts konnte mich aufhalten.

Von dir dagegen kommt nur ein «schnüff schnüff, ich musste einfach weg...». Und wohin? An einen Ort, wo es nicht mal Briefpapier oder eine Postkarte gibt?

Also wirklich, Bride!

Ein Stadtmädchen hat bald genug von der Pappkarton-Tristesse der kleinen Käffer auf dem Land. Egal, wie das Wetter ist, ob stahlhelle Sonne oder nagelnder Regen, der Anblick schäbiger Schachteln zur Verwahrung unbedarfter Dörfler scheint die neugierigsten Blicke abzutöten. Für ehemalige Hippies mochte es noch angehen, ihre antikapitalistischen Ideale ein Stück abseits einer wenig befahrenen Landstraße zu leben. Evelyn und Steve hatten eine abenteuerliche Vergangenheit voller Wagemut und Engagement. Aber was war mit den einfachen Leuten, die in diesen Nestern geboren wurden und nie aus ihnen rauskamen? Bride hatte kein Überlegenheitsgefühl angesichts der Reihe von winzigen, melancholischen Häusern und Wohncontainern an beiden Seiten der Straße. Sie war nur verwundert. Was hatte Booker in so ein Kaff geführt? Und wer zum Teufel war Q. Olive?

Sie war einhundertundsiebzig Meilen auf – und auch abseits von – unbefestigten Pisten gefahren, die teilweise bis auf die Spuren von Wolfsrudeln oder mokassinbeschuhten Füßen zurückgehen mochten. Pick-ups kamen mit diesem Gelände klar, aber ein mit der Tür eines anderen Modells zusammengeflickter Jaguar hatte ernste Probleme. Bride fuhr vorsichtig, spähte angestrengt durch die Frontscheibe nach Hindernissen, ob lebendig oder nicht. Als sie endlich das an den Stamm einer Kiefer genagelte Ortsschild sah, war ihre Erschöpfung groß genug, um eine immer brennendere Sorge in den Hintergrund zu drängen. Obwohl an ihrem Körper keine sichtbaren Verluste mehr hinzugekommen waren, beunruhigte sie die Tatsache, dass sie nun schon seit mindestens zwei, vielleicht schon drei Monaten keine Periode mehr gehabt hatte. Mit flacher Brust und ohne Achsel- oder Schamhaar, ohne Ohrlöcher oder stabiles Gewicht versuchte sie, und zwar vergeblich, das zu vergessen, was sie für ihre verrückte Rückverwandlung in ein verängstigtes kleines schwarzes Mädchen hielt.

Whiskey, so zeigte sich, bestand aus kaum mehr als einem halben Dutzend Häusern beiderseits einer unbefestigten Straße, die zu einer Dauersiedlung von Wohnwagen und -containern weiterführte. Parallel zur Straße, durch eine Reihe trübselig aussehender Bäume von dieser getrennt, verlief ein schmaler, aber tiefer Fluss. An den Häusern gab es keine Namensschilder, aber bei einigen der Wohnwagen waren Namen auf die separat aufgestellten Briefkästen gepinselt. Verfolgt von Augenpaaren, die fremde Autos und mehr noch fremde Besucher verdächtig fanden, rollte Bride im Schritttempo weiter, bis sie auf einem Briefkasten vor einem hellgelben Wohnwagen den Schriftzug QUEEN OLIVE sah.

Sie stellte den Wagen ab, stieg aus und ging auf die Tür zu, als sie einen Geruch nach Benzin und Feuer wahrnahm, der seinen Ursprung hinter dem Wohnwagen zu haben schien. Sie schlich um das Gefährt herum und sah im Garten eine stämmige, rothaarige Frau, die Benzin über die Sprungfedern eines Bettrahmens goss und sorgsam darauf achtete, wo die Flammen noch Nahrung brauchten.

Bride eilte zu ihrem Wagen zurück und wartete. Zwei Kinder kamen näher, vielleicht von dem schicken Auto angelockt, dann aber abgelenkt von der Frau auf dem Fahrersitz. Beide starrten sie mit großen, verwunderten Augen an, minutenlang, so kam es ihr vor. Bride ignorierte die sprachlosen Gaffer. Sie wusste gut genug, wie es war, einen Raum zu betreten und die stummen Blickwechsel der anwesenden Weißen zu registrieren. Die Blicke machten ihr nichts aus, denn meistens folgte auf den stockenden Atem, den ihre Schwärze provozierte, der von ihrer Schönheit erweckte Neid. Obwohl sie, mit Jeris Hilfe, aus ihrer dunklen Haut Gewinn gezogen, ein Markenzeichen und ein Glamour-Accessoire daraus gemacht hatte, erinnerte sie sich noch gut an ein früheres Gespräch mit Booker. Sie hatte über ihre Mutter geklagt und ihm erzählt, dass sie von Sweetness wegen ihrer tiefschwarzen Haut gehasst worden war.

«Es ist nur eine Farbe», hatte Booker gesagt. «Ein genetisches Merkmal – kein Makel, kein Fluch, kein Segen und auch keine Sünde.»

«Aber», entgegnete sie, «andere denken an rassen–»

Booker fiel ihr ins Wort. «Wissenschaftlich betrachtet gibt es so was wie Rasse gar nicht, Bride, und ohne Rasse ist Rassismus nichts anderes als eine Wahl, die jemand trifft. Die natürlich vorgelebt wird, von denen, die es nötig haben, aber es bleibt eine Wahl. Menschen, die diese Wahl treffen, wären das reine Nichts ohne sie.»

Seine Worte waren vernünftig und damals auch ein Trost, aber sie hatten nichts mit den alltäglichen Erfahrungen zu tun – zum Beispiel dem Im-Auto-Hocken unter den verblüfften Blicken kleiner weißer Kinder, die in einem Dinosaurier-Museum kaum faszinierter gewesen wären. Trotzdem dachte sie keinen Augenblick daran, ihr Vorhaben aufzugeben, nur weil sie die Komfortzone verlassen hatte, in der es gepflasterte Straßen und gepflegte Rasenflächen und eine ethnische Vielfalt von Menschen gab, die ihr womöglich nicht beistehen, ihr aber jedenfalls nichts antun würden. Sie war entschlossen, herauszufinden, woraus sie gemacht war – Baumwolle oder Stahl –, und so konnte es keinen Rückzug, keine Umkehr geben.

Eine halbe Stunde verging; die Kinder waren verschwunden, und eine nickeldublierte Sonne im Zenit wärmte das Wageninnere auf. Bride atmete tief durch, machte sich auf den Weg zur gelben Tür und klopfte. Als die Zündlerin öffnete, sagte sie: «Hallo. Entschuldigen Sie die Störung. Ich bin auf der Suche nach Booker Starbern. Das hier ist die Adresse, die ich von ihm habe.»

«Das passt», sagte die Frau. «Ich kriege eine Menge Post für ihn – Zeitschriften, Kataloge, auch Sachen, die er selber schreibt.»

«Ist er hier?» Bride staunte über die Ohrringe der Frau, goldene Scheiben, so groß wie Muschelschalen.

«Mmh-mmh.» Die Frau schüttelte den Kopf, ohne ihren bohrenden Blick von Brides Augen zu wenden. «Aber er ist ganz in der Nähe.»

«Tatsächlich? Und wie weit ist ‹ganz in der Nähe›?» Erleichtert, dass Q. Olive sich nicht als junge Nebenbuhlerin entpuppt hatte, seufzte Bride auf. Jetzt wollte sie wissen, wohin ihr Weg weiterführte.

«Du kannst laufen, aber komm erst mal rein. Booker

entwischt dir nicht. Er ist außer Gefecht – hat sich den Arm gebrochen. Los, komm rein. Du siehst aus, als hätte dich ein Waschbär gefunden, aber nicht fressen wollen.»

Bride schluckte. In den vergangenen drei Jahren hatte sie immer nur gehört, wie exotisch und toll sie aussah, überall und von allen, immer nur traumhaft, klasse, hot, wow! Und jetzt hatte diese alte Frau mit verfilztem rotem Haar ein ganzes Wörterbuch von Komplimenten mit einem Satz weggewischt. Jetzt war sie wieder das viel zu schwarze hässliche Entlein im Haus der Mutter.

Queen krümmte einen lockenden Finger. «Rein hier, Mädchen. Du brauchst was zum Beißen.»

«Warten Sie, Miss Olive –»

«Bitte nur Queen, Süße. Und gönn mir drei Silben, O-li-vay. Jetzt rein mit dir. Ich hab nicht viel Gesellschaft, und ich erkenne hungrige Mäuler, wenn ich sie sehe.»

Da ist was dran, dachte Bride. Die Anspannung während der langen Fahrt hatte ihren brüllenden Hunger überdeckt. Sie folgte Queens Aufforderung und war angenehm überrascht, wie ordentlich und gemütlich es im Inneren des Wohnwagens aussah. Noch beim Eintreten hatte sie sich für den Bruchteil einer Sekunde gefragt, ob sie hier in ein Hexenhaus gelockt würde. Es war unverkennbar, dass Queen nähte, strickte, häkelte und sogar Spitzen klöppelte. Die Vorhänge und die Kissen, die Schonbezüge und die bestickten Servietten, alles war gediegene Handarbeit. Ein Quilt über dem Kopfteil eines leeren Bettgestells, dessen Sprungfederrahmen offenbar noch draußen abkühlte, war in Pastelltönen gehalten und, wie alles hier, ein Werk gekonnten Durcheinanderwürfelns. Kleine Antiquitäten wie Bilderrahmen oder

Beistelltischchen standen genau dort, wo man sie nicht erwartete. Eine ganze Wand war mit Kinderfotos bedeckt. Auf einer Kochstelle mit zwei Platten dampfte ein Topf. Queen, die sich nichts abschlagen ließ, stellte zwei Porzellanschalen auf Stoffuntersetzer neben passenden Servietten und legte silberne Suppenlöffel mit filigranen Stielen auf.

An dem schmalen Tisch setzte Bride sich auf einen Stuhl mit einem Zierkissen und sah zu, wie Queen eine dicke Suppe in die Schalen löffelte. Brocken von Hühnerfleisch schwammen neben Erbsen, Kartoffelstücken, Maiskörnern, Tomaten, Sellerie, grünem Paprika, Spinat und Suppennudeln. Die kräftigen Gewürze konnte Bride nicht herausschmecken – Curry? Kardamom? Knoblauch? Cayennepfeffer oder schwarzer oder roter Pfeffer? Aber das Resultat war Manna für sie. Queen stellte noch einen Korb mit warmem Fladenbrot dazu, dann setzte sie sich zu ihrem Gast und sprach ein Tischgebet. Es folgten lange, wortlose Minuten des Genießens. Schließlich blickte Bride von ihrer Schüssel auf, wischte sich die Lippen und fragte ihre Gastgeberin: «Warum hast du Feuer an die Sprungfedern von deinem Bett gelegt? Ich hab dich dahinten gesehen.»

«Wanzen», erklärte Queen. «Jedes Jahr senge ich sie weg, ehe es mit den Eiern losgeht.»

«Aha. Hab ich nie von gehört.» Die wachsende Vertrautheit mit der Frau ermutigte Bride zu einer weiteren Frage: «Was hat Booker dir für Zeug geschickt? Sachen, die er geschrieben hat, hast du erzählt?»

«M-hm. Hat er. Immer mal wieder.»

«Worum ging's dabei?»

«Kapier ich nicht. Ich kann dir was davon zeigen, wenn du Lust hast. Aber erzähl, warum suchst du Booker? Schuldet er dir Geld? Sein Mädchen wirst du nicht sein. Klingt so, als kennst du ihn nicht besonders gut.»

«Stimmt, aber ich hab geglaubt, dass ich ihn kenne.» Sie sprach es nicht aus, aber plötzlich kam ihr der Gedanke, dass guter Sex nichts mit Kennen zu tun hatte. Sex war nur Kennenlernen.

Bride tupfte sich noch mal die Lippen ab. «Wir haben zusammengelebt, aber dann hat er mich sitzenlassen. Einfach so.» Sie schnippte mit den Fingern. «Ist einfach ausgestiegen, ohne ein einziges Wort.»

Queen gluckste. «Genau das ist er, ein Aussteiger. Aus seiner eigenen Familie ist er auch ausgestiegen. Ich bin die Einzige, mit der er noch Kontakt hat.»

«Wirklich? Aber warum?» Es gefiel Bride nicht, mit Bookers Familie gleichgesetzt zu werden, aber die Neuigkeit überraschte sie doch.

«Sein älterer Bruder wurde ermordet, als beide noch Kinder waren, und ihm hat nicht gepasst, wie seine Leute damit umgegangen sind.»

«Oje», sagte Bride. «Wie traurig.» Sie ließ das Seufzen hören, das die Anteilnahme gebot, aber in Wahrheit war sie schockiert, weil sie nichts davon gewusst hatte.

«Mehr als traurig. Die Familie ist fast zerbrochen daran.»

«Was war es denn, was ihm nicht gepasst hat?»

«Sie haben weitergemacht. Haben ihr Leben weitergelebt, als gäb's nichts als das Leben. Er wollte, dass sie eine Art Denkmal errichten, so was wie eine Stiftung im Namen seines Bruders. Aber sie waren nicht interessiert. Absolut nicht. Ich trage auch eine gewisse Verantwortung für den Bruch. Ich hab ihm gesagt, er solle seinen Bruder bei sich behalten, ihn so lange betrauern, wie er es richtig findet. Ich weiß nicht, was er aus meinen Worten gemacht hat. Jedenfalls wurde Adams Tod für Booker zu seinem Leben. Ich glaube, zu dem einzigen Leben, das er hat.» Queen blickte auf Brides leere Schüssel. «Mehr?»

«Danke, nein, aber es war köstlich. Ich kann mich nicht erinnern, schon mal so etwas Gutes gegessen zu haben.»

Queen lächelte. «Das ist mein Uno-Eintopf, mit Zutaten aus den Heimatstädten aller meiner Männer. Sieben an der Zahl, von Delhi bis Dakar, von Texas bis Australien, mit noch ein paar dazwischen.» Sie lachte, dass ihre Schultern bebten. «So viele Männer, und alle gleich, wenn's ans Eingemachte geht.»

«Und das wäre?»

«Besitzen wollen sie dich.»

So viele Männer und dennoch allein, dachte Bride. «Hast du denn keine Kinder?» Natürlich hatte sie welche, überall waren Fotos von ihnen.

«Jede Menge. Zwei leben bei ihren Vätern und den neuen Frauen, die die haben; zwei sind beim Militär – einer bei den Marines, der andere bei der Air Force; ein weiteres, mein jüngstes, eine Tochter, studiert Medizin. Sie ist mein Traumkind. Das vorletzte ist stinkreich, irgendwo in New York City. Die meisten schicken mir Geld, damit sie mich nicht besuchen müssen. Aber ich kann sie jederzeit besuchen, mit Blicken.» Sie deutete auf die Fotos, die in exquisiten Rahmen steckten. «Und ich weiß, wie und was sie denken. Booker dagegen hat immer

Kontakt mit mir gehalten. Hier, ich zeig dir, wie und was er denkt.» Queen ging zu einem kleinen Schrank, in dem alles einsortiert und aufgestapelt war, was sie für ihre Nadelarbeiten brauchte. Ganz unten stand ein altmodischer Brotkasten, den sie heraushob. Sie kramte darin herum und zog schließlich ein dünnes, zusammengeklammertes Bündel Papier hervor, das sie ihrem Gast überreichte.

Was für eine schöne Handschrift, dachte Bride, der plötzlich auffiel, dass sie nie irgendetwas von Booker Geschriebenes gesehen hatte – nicht einmal seinen Namen. Es waren sieben Blätter. Eins für jeden Monat, den sie zusammen verbracht hatten – und eins dazu. Langsam las sie die erste Seite, mit dem Zeigefinger den Zeilen folgend, denn es gab kaum Punkt und Komma.

Hey Mädchen was hast du in deinem Lockenkopf außer dunklen Räumen voller dunkler Männer die zu eng tanzen um den Mund zu befriedigen der Lust hat auf mehr von dem was irgendwo da draußen auf eine Zunge und einen Hauch von Atem wartet der über Zähne fährt die in die Nacht beißen und auf einen Sitz die Welt verschlingen die dir verschlossen ist also lass ab von diesen wolkigen Träumen und lieg am Strand in meinen Armen während ich dich zudecke mit weißem Sand von Stränden die du nie gesehen hast an Gewässern kristallklar und so blau dass du weinen musst vor lauter Glück und endlich weißt dass du zu dem Planeten gehörst auf dem du geboren worden bist und endlich an der Welt da draußen teilhaben kannst im tiefen Frieden eines Cellos.

Bride las die Worte zweimal hintereinander und verstand, wenn überhaupt, nur wenig. Es war die zweite Seite, bei der ihr unwohl wurde.

Sie kann sich auf ihre Phantasie verlassen wenn es darum geht den Knochen freizulegen und abzuschaben ohne jemals an das Mark zu kommen wo die schmutzigen Gefühle vibrieren wie eine Geige die fürchtet dass ihre Saiten reißen und aus der Melodie ein Kreischen wird denn lieber richtet sie sich in ewigem Nichtwissen ein als im Rausch des Lebens.

Inzwischen war Queen mit dem Geschirrspülen fertig und bot ihrem Gast einen Schluck Whisky an. Bride verzichtete.

Bei der Lektüre der dritten Seite glaubte sie sich an ein Gespräch mit Booker zu erinnern, von dem diese Zeilen womöglich angeregt worden waren. Es war jenes, in dem sie ihm von dem Vermieter und anderen Kindheitserlebnissen erzählt hatte.

Wie ein Lastesel hast du die Peitsche eines Fremden und seines achtlosen Fluchs akzeptiert und mit den Striemen die sie dir als dein Brandzeichen zufügt auch seine Drohung in dein Leben gelassen das du im Widerspruch lebst auch wenn dieses grässliche Wort nur eine dünne Linie im Sand ist die sofort in einer Wasserwelt verschwindet sobald eine ebenso achtlose Welle sie sanft berührt wie ein zufälliger Fingerdruck auf die Klappe an einer Klarinette den der Spieler in Stille verwandelt damit der richtige Ton umso klarer erklingt.

Ohne innezuhalten las sie rasch drei weitere Seiten.

Jeder Versuch den Hass der Rassisten zu verstehen gibt ihm nur neue Nahrung, macht ihn fett wie ein Ballon und lässt ihn hoch über den Köpfen schweben um nur ja nicht zur Erde zu sinken wo ihn ein Grashalm durchbohren könnte sodass sein wässriger Kot das begeisterte Publikum besudelt wie die Fäulnis die schwarze und weiße Klaviertasten gleichermaßen ruiniert damit sie in Dur und Moll den Trauermarsch seines Untergangs spielen.

Ich weigere mich beschämt zu sein von meiner Scham, kapierst du, der mir zugewiesenen Scham die der Nichtswürdigkeit und der verkommenen Moral jener entspricht die sich auf diese billigste aller menschlichen Empfindungen von Unterlegenheit und Makel verlassen um damit ihre Feigheit zu bemänteln und als etwas auszugeben das so unschuldig ist wie ein Banjo.

Danke. Du hast mir Zorn und Zerbrechlichkeit gezeigt und feindseligen Übermut und Kummer Kummer Kummer besprenkelt mit so unbeflecktem Aufblitzen von Licht und Liebe dass es wie eine nette Geste war die es leichter machen sollte dich zu verlassen um nicht verschlungen zu werden von einer Traurigkeit so tief dass sie einem nicht das Herz sondern die ganze Seele bricht die den Klagelaut der Oboe kennt und seine Fähigkeit das Schweigen zu durchbrechen und deine Schönheit zu enthüllen die zu blendend ist für Worte aber fähig, die Melodie zu einem Raum zu machen in dem sich leben lässt.

Verwirrt hob Bride den Blick von den Blättern und sah Queen an. «Interessant, nicht wahr?», sagte die.

«Sehr interessant», sagte Bride «Aber auch seltsam. Ich frage mich, zu wem er da spricht.»

«Zu sich selbst», sagte Queen. «Ich wette, es geht auf all diesen Zetteln um ihn. Findest du nicht?»

«Nein», murmelte Bride. «Die handeln von mir, von der Zeit, die wir zusammen waren.» Dann las sie die letzte Seite.

Ein gebrochenes Herz jeglicher Art solltest du ernst nehmen und den Mut haben es glühen und brennen zu lassen wie ein pulsierender Stern ist es unfähig oder unwillig sich in erbärmliches Selbstmitleid zu flüchten denn zu Recht hallt sein wütender Glanz laut wie der Donner der Pauke.

Bride legte die Blätter weg und bedeckte ihre Augen.

«Geh zu ihm», sagte Queen mit leiser Stimme. «Du findest ihn am Ende der Straße, das letzte Haus am Fluss. Los, steh auf, wasch dir dein Gesicht, und dann geh.»

«Ich weiß nicht, ob ich das jetzt noch tun sollte.» Bride schüttelte den Kopf. Sie hatte sich so lange auf ihr Aussehen verlassen – auf die Wirkung von Schönheit. Sie hatte nicht gewusst, wie dünn dieser Firnis ist und was für ein Feigling sie war – lebenswichtige Lektionen, die Sweetness gelehrt und ihr auf das Rückgrat genagelt hatte, um es zu beugen.

«Was ist los mit dir?» Queen klang verärgert. «Du kommst von so weit her, und im letzten Augenblick drehst du um und haust ab?» Dann begann sie zu singen, mit einer imitierten Kleinkinderstimme:

> Don't know why
> There's no sun up in the sky ...
> Can't go on.
> Everything I had is gone,
> Stormy weather ...

«Verdammt!» Bride schlug auf den Tisch. «Du hast vollkommen recht! Total recht! Es geht um mich, nicht um ihn. Um mich!»

«Du hier? Verschwinde!» Booker erhob sich aus seinem schmalen Bett und deutete auf Bride, die in der Tür seines Wohnwagens stand.
«Du kannst mich mal. Ich gehe keinen Schritt von hier weg, ehe du nicht –»
«Verschwinde, hab ich gesagt! Auf der Stelle!» Bookers Augen wirkten erloschen und gleichzeitig glühend vor Hass. Der Arm, der nicht im Gips steckte, wies auf die Tür. Bride lief neun schnelle Schritte nach vorn und versetzte Booker mit aller Kraft eine Ohrfeige. Er schlug zurück, gerade kräftig genug, um sie zu Fall zu bringen. Sie rappelte sich hoch, griff nach einer Bierflasche auf einer Ablage und zerschmetterte sie auf seinem Kopf. Booker fiel rücklings auf das Bett und rührte sich nicht mehr. Bride packte den Hals der zerbrochenen Flasche noch fester und starrte auf das Blut, das ihm in das linke Ohr sickerte. Nach wenigen Augenblicken gewann er das

Bewusstsein wieder, stützte sich auf einem Ellenbogen ab, drehte sich zu ihr und fixierte sie mit einem leeren, blinzelnden Blick.

«Du bist einfach abgehauen», schrie sie. «Ohne ein Wort! Ohne alles! Jetzt will ich das Wort hören. Was auch immer du zu sagen hast, ich will es hören. Jetzt!»

Booker wischte sich mit der rechten Hand das Blut an seiner linken Wange ab. «Ich bin dir keine Rechenschaft schuldig, verdammt noch mal», stieß er hervor.

«Und ob du das bist.» Sie hob die zerschmetterte Flasche.

«Verschwinde aus meinem Haus, sonst passiert was.»

«Halt die Klappe und antworte mir!»

«Himmel, was ist mit dir.»

«Warum? Ich muss es wissen, Booker.»

«Erst erklärst du mir mal, warum du Geschenke für eine Frau kaufst, die Kinder gequält hat, die dafür verurteilt worden ist, um Himmels willen. Erklär mir, warum du einem Scheusal in den Arsch kriechst.»

«Ich hab gelogen! Gelogen! Gelogen! Sie war unschuldig. Ich hab dafür gesorgt, dass sie hinter Gitter kam, aber in Wahrheit hat sie nichts getan. Ich wollte es wiedergutmachen, aber sie hat mich grün und blau geprügelt, und das hab ich auch verdient.»

Es war nicht wärmer geworden im Raum, aber Bride hatte zu schwitzen begonnen, ihre Stirn, ihre Oberlippe, sogar die Achseln waren schweißnass.

«Du hast gelogen? Warum zum Teufel?»

«Damit mich meine Mutter an der Hand nimmt!»

«Wie bitte?»

«Und wenigstens einmal stolz auf mich ist.»

«Und? War sie's?»

«Ja. Sie hat mich sogar gemocht.»

«Du willst also behaupten –»

«Sei still und rede! Warum bist du einfach abgehauen?»

«O Gott.» Booker wischte sich neues Blut aus dem Gesicht. «Schau. Wie soll ich sagen. Mein Bruder, er ist ermordet worden von so einem Scheusal, einem Raubtier wie dem, von dem ich geglaubt habe, dass du ihm verzeihst, und deshalb –»

«Das ist mir egal. Ich war's nicht. Ich hab deinen Bruder nicht umgebracht.»

«Schon gut, schon gut. Das ist mir klar, aber –»

«Kein Aber. Ich hab versucht, jemandem zu helfen, dem ich das Leben kaputt gemacht habe. Du gibst immer nur anderen die Schuld. Du Bastard. Hier, wisch dir deine blutige Hand ab.» Bride legte den Rest der Flasche weg und warf ihm eine Serviette zu. An ihrer Jeans streifte sie sich den Schweiß von den Handflächen, dann strich sie ihr Haar aus der feuchten Stirn und richtete einen festen Blick auf Booker. «Du musst mich nicht lieben, aber du musst mich verdammt noch mal respektieren.» Sie setzte sich auf einen der Stühle am Tisch und schlug die Beine übereinander.

Dann schwiegen beide, lange war nur das Geräusch ihres Atmens zu hören und ihre Blicke waren nicht aufeinander gerichtet, sondern irrten herum, vom Boden zu den Händen zu der Szenerie vor dem Fenster. Minuten vergingen.

Endlich hatte Booker das Gefühl, etwas Triftiges und Wesentliches sagen, etwas erklären zu können, aber als er den Mund öffnete, war seine Zunge wie gelähmt – die

Worte wollten nicht raus. Aber darauf kam es nicht an. Bride war auf ihrem Stuhl eingeschlafen, ihr Kinn auf die Brust gesunken, und die langen Beine waren nach außen gekippt.

Queen klopfte nicht an; sie machte einfach die Tür von Bookers Wohnwagen auf und trat ein. Dann sah sie die schlafende Bride auf dem Stuhl hängen und die Wunde über Bookers Auge. «Du lieber Gott», sagte sie. «Was ist passiert?»

«Prügelei», sagte Booker.

«Ist sie okay?»

«Ja. Hat sich abreagiert und ist eingeschlafen.»

«Eine Prügelei? Sie hat die weite Reise gemacht, um dich zu vermöbeln? Warum? Aus Liebe oder Leid?»

«Wahrscheinlich beides.»

«Na ja. Bugsieren wir sie erst mal vom Stuhl aufs Bett», sagte Queen.

«Genau.» Booker stand auf. Mit dem einsatzfähigen seiner beiden Arme und Queens Hilfe verfrachtete er Bride auf sein schmales, ungemachtes Bett. Sie stöhnte, aber sie wachte nicht auf.

Queen setzte sich an den Tisch. «Was machst du jetzt mit ihr?»

«Keine Ahnung», erwiderte Booker. «Eine Zeitlang lief es glänzend für uns beide.»

«Was führte zum Bruch?»

«Lügen. Schweigen. Einfach nicht aussprechen, was die Wahrheit ist oder warum etwas geschieht.»

«Worüber?»

«Über uns als Kinder, über Dinge, die passiert sind. Warum wir manches gemacht oder gedacht oder entschieden haben, bei dem es in Wirklichkeit um Ereignisse aus unserer Kindheit ging.»

«Adam bei dir?»

«Adam bei mir.»

«Und bei ihr?»

«Eine große Lüge, die sie als Kind erzählt hat und die dazu führte, dass eine unschuldige Frau ins Gefängnis kam. Eine lange Haftstrafe für einen Kindesmissbrauch, den sie nie begangen hat. Ich bin abgehauen, nachdem wir uns über Brides seltsame Zuneigung zu dieser Frau gestritten hatten. Jedenfalls kam sie mir damals seltsam vor. Ich wollte danach einfach nicht mehr in Brides Nähe sein.»

«Und warum hat sie gelogen?»

«Damit sie ein wenig Liebe abkriegt – von ihrer Mama.»

«Du lieber Gott. Was für ein Schlamassel. Und du musstest wieder an Adam denken. Immer wieder Adam.»

«Is so.»

Queen kreuzte die Arme und beugte sich über den Tisch. «Wie lange soll er noch Macht haben über dich?»

«Ich kann's nicht ändern, Queen.»

«Wirklich? Sie hat ihre Wahrheit erzählt. Was ist deine?»

Booker sagte nichts. Beide saßen schweigend am Tisch, und Brides leises Schnarchen blieb das einzige Geräusch, bis Queen wieder das Wort ergriff. «Du brauchst einen noblen Grund für dein Scheitern, stimmt's? Oder ein wirklich tiefgründiges Motiv, um dich überlegen zu fühlen.»

«Nicht doch, Queen. So bin ich nicht. Überhaupt nicht.»

«Was sonst? Du schnallst dir Adam auf den Buckel, damit er Tag und Nacht dein Hirn bearbeiten kann. Denkst du denn nie, dass er müde sein muss? Todmüde vom Sterben, ohne dass er hinterher Ruhe findet, weil er einen anderen durchs Leben lenken muss.»

«Adam bestimmt nicht über mich.»

«Nein, aber du bestimmst über ihn. Hast du dich je von ihm frei gefühlt? Jemals?»

«Nun ja.» Booker dachte zurück an seine erste Begegnung mit Bride – wie er im Regen gestanden war, wie seine Musik ganz anders geworden war, nachdem er Bride in die Limousine einsteigen gesehen hatte, wie die Düsternis, in der er lebte, sich aufzuhellen begann. Er dachte an seine Arme um ihre Hüften, als sie tanzten, und an ihr Lächeln, als sie sich zu ihm umwandte. «Nun ja», wiederholte er, «eine ganze Weile war es gut, wirklich gut, mit ihr zusammen zu sein.» Seine Augen konnten die Freude an der Erinnerung nicht verbergen.

«Anscheinend ist dir gut nicht gut genug, deshalb hast du Adam zurückgerufen und seine Ermordung benutzt, um aus deinem Hirn einen Kadaver zu machen und aus deinem Herzblut Formaldehyd.»

Sie sahen einander lange an, bis Queen sich schließlich erhob. «Du Narr», sagte sie ohne den geringsten Versuch, ihre Enttäuschung zu verbergen, dann ging sie und ließ ihn zusammengesackt auf dem Stuhl zurück.

Im Widerstreit zwischen Belustigung und Traurigkeit spazierte Queen, sich alle Zeit der Welt lassend, zu ihrer Behausung. Sie war belustigt, weil sie seit Jahrzehnten keine Prügelei unter Liebesleuten gesehen hatte – nicht seit ihrer Zeit in der Sozialsiedlung in Cleveland, wo junge Paare ihre heftigen Gefühle wie auf einer Bühne zelebrierten, immer im Bewusstsein, dass es ein sichtbares oder unsichtbares Publikum gab. Sie hatte das alles selbst erlebt, mit ihren diversen Ehemännern, die in der Rückschau alle zusammengeschmolzen waren zu einem einzigen, zu einem Nichts. Außer dem ersten, John Loveday, von dem sie sich hatte scheiden lassen. Hatte sie doch, oder nicht? Es fiel ihr schwer, sich zu erinnern, vom nächsten jedenfalls hatte sie sich nicht scheiden lassen. Queen musste lächeln angesichts der Erinnerungslücken, die ihr die Gnade des Alters bescherte. Doch Traurigkeit ließ das Lächeln ersterben. Unverkennbar waren die Wut und die Gewalt, die zwischen Bride und Booker herrschten, und so typisch für die Jugend. Aber nachdem sie das schlafende Mädchen auf das Bett gehievt und hingelegt hatten, sah Queen, wie Booker Brides verworrenes Haar glättete und von Brides Stirn strich. Als sie kurz auf sein Gesicht blickte, war sie berührt von der Zärtlichkeit in seinen Augen.

Sie werden es nicht schaffen, dachte sie. Jeder wird sich an eine traurige kleine Story von Frust und Verletztsein klammern, von irgendwelchen längst vergangenen Problemen und Schmerzen, die das Leben über ihren unschuldigen, reinen Seelen ausgekippt hat. Und jeder wird diese Story immer wieder neu schreiben, mit dem altbekannten Konflikt und dem geahnten Thema, mit einem neu erfundenen Sinn und einem vergessenen Ursprung. Was für eine Verschwendung. Sie wusste aus eigener Erfahrung, wie anstrengend die Liebe war, wie selbstsüchtig und wie gefährdet. Man verweigerte Sex oder verließ sich auf ihn, ignorierte die Kinder oder erdrückte sie, gab seinen Gefühlen eine neue Richtung oder sperrte sie ganz aus. Die Jugend war der Vorwand für den Glückskeks Liebe – bis sie es nicht mehr war, bis sie sich in die pure Dummheit des Erwachsenseins verwandelt hatte.

Ich war mal hübsch, sinnierte sie, wirklich hübsch, und ich habe geglaubt, dass das reicht. Tja, es hat auch gereicht, bis es nicht mehr gereicht hat, bis ich ein ganzer Mensch sein musste, nämlich einer, der denkt. Klug genug, um zu wissen, dass Übergewicht keine Krankheit ist, sondern ein Zustand; klug genug jetzt auch, um die Gedanken der Selbstverliebten zu lesen. Für ihre eigenen Kinder kam diese Klugheit freilich zu spät.

Jeder ihrer «Ehemänner» hatte ihr ein oder zwei Kinder genommen, hatte das Sorgerecht behauptet oder sich einfach mit ihnen davongemacht. Der eine lockte sie mit den Reizen seines Heimatlands; ein anderer gab zwei in die Fänge seiner Geliebten. Alle ihre Ehemänner außer einem – dem zauberhaften Johnny Loveday – hatten gute Gründe, Liebe vorzutäuschen: die amerikanische Staatsbürgerschaft, ein amerikanischer Pass, finanzielle Unterstützung, häusliche Pflege oder ein Dach über dem Kopf. Kein einziges ihrer Kinder hatte sie über das Alter von zwölf Jahren hinaus erziehen können. Es brauchte einige Zeit, um die Motive – ihre eigenen und die der Männer – für das Vorgaukeln von Liebe zu begreifen. Es ging ums Überleben, so legte sie es sich zurecht, im wörtlichen wie im emotionalen Sinn. Jetzt hatte Queen das alles hinter sich. Sie lebte allein in der Wildnis, verbrachte ihre Zeit mit Klöppeln und Häkeln und war dankbar, dass ihr der gute Herr Jesus endlich eine Decke des Vergessens und ein kleines Kissen der Weisheit spendiert hatte, zum Trost auf ihre alten Tage.

Unruhig und zutiefst unzufrieden mit der Wendung der Ereignisse, vor allem mit dem unverhüllten Abscheu, den Queen ihm bezeugt hatte, ging Booker vor die Tür und hockte sich auf die Schwelle. Bald würde die Dämmerung hereinbrechen und diese wilde Siedlung ohne Straßenlaternen in der Dunkelheit versinken lassen. Musikfetzen aus ein paar Radios würden zu hören sein, so fern wie das bläuliche Geflimmer alter Röhrenfernseher. Ein paar Trucks von Ortsansässigen rumpelten vorbei, wenig später gefolgt von einigen Motorradfahrern. Die Trucker trugen Schirmmützen, die Biker hatten Tücher in Piratenmanier um ihre Köpfe geschlungen. Booker liebte die milde Anarchie dieser Ortschaft, die ihre Bewohner in allem gewähren ließ, aber auch seiner Tante eine Heimstatt bot, dem einzigen Menschen, dem er traute. Er hatte gelegentliche Jobs bei den Forstarbeitern bekommen und das hatte ihm auch gereicht, bis er aus einem Sattelschlepper stürzte und sich die Schulter ruinierte. Seine Gedanken irrten ziellos umher, aber bei jeder neuen Wendung drängte sich das Bild der atemberaubenden schwarzen Frau dazwischen, die auf seinem Bett lag – erschöpft, nachdem sie ihn runtergeputzt und ihr Bestes gegeben hatte, um ihn umzubringen oder wenigstens krankenhausreif zu schlagen. Er konnte sich nicht vorstellen, was sie zu dieser langen Fahrt getrieben hatte, es sei denn Rache oder Wut. Oder sollte es Liebe sein?

Queen hat recht, dachte er. Abgesehen von Adam, weiß ich nichts von der Liebe. Adam hatte keine Schattenseiten, er war unschuldig, rein, leicht zu lieben. Wäre er am Leben geblieben, wäre er herangewachsen und hätte Fehler begangen und menschliche Schwächen gezeigt, Irrtümer, Narrheiten, Dummheit, würde es dann immer noch möglich sein, ihn so zu vergöttern? Wäre er es überhaupt noch wert? Was für eine Liebe ist das, die einen Engel braucht, um zu funktionieren?

Booker grübelte weiter in dieser Richtung und musste sich eingestehen, dass er dabei ziemlich schlecht wegkam.

Bride versteht wahrscheinlich mehr von der Liebe als ich. Zumindest ist sie willens, sich darauf einzulassen, etwas dafür zu tun, etwas zu riskieren und die Probe aufs Exempel zu machen. Ich riskiere nichts. Ich sitze auf dem hohen Ross und weise anderen ihre Mängel nach. Ich war besoffen von meiner Intelligenz und meinen moralischen Ansprüchen und der Unduldsamkeit, die damit einhergeht. Aber wo sind die brillanten Forschungen, die klugen Bücher, die Meisterwerke, die ich mir in meinen Träumen vorgenommen habe? Nirgends. Stattdessen kritzele ich Memos über die Unzulänglichkeiten anderer. Wie einfach. Wie verdammt einfach. Wo sind meine eigenen Unzulänglichkeiten? Mir gefiel, wie sie aussah, wie sie im Bett war und dass sie keine Ansprüche stellte. Dann unsere erste größere Meinungsverschiedenheit, und schon war ich weg. Mein einziger Richter war Adam, der es, wie Queen sagt, wahrscheinlich leid ist, wie ein Kreuz auf meinen Buckel geschnallt zu sein.

Auf Zehenspitzen ging er in den Wohnwagen zurück, kramte einen Notizblock heraus und brachte, Brides leisem Schnarchen lauschend, noch einmal die Worte zu Papier, die er nicht aussprechen konnte.

Du fehlst mir nicht mehr Adam sondern was mir fehlt sind die Emotionen die dein Tod aufgewühlt hat Empfindungen so mächtig dass sie mich geprägt und dich ausgelöscht haben sodass mir nur deine Abwesenheit blieb in der ich lebte wie im Schweigen eines Tempelgongs das reicher ist als jeder Klang der folgen könnte.

Ich bitte um Verzeihung dafür dass ich dich zum Sklaven gemacht habe um mich selbst an das Trugbild der Kontrolle zu klammern und an die billige Verführung der Macht. Kein Sklavenhalter hätte es besser gekonnt.

Booker legte den Block beiseite. Die Dunkelheit hüllte ihn ein, und von der milden Luft besänftigt blickte er dem Morgen entgegen.

Bei hellem Sonnenlicht erwachte Bride aus einem traumlosen Schlaf, der tiefer gewesen war als der Schlaf der Trunkenheit, tiefer, als sie es je erlebt hatte. Jetzt, nachdem sie so viele Stunden geschlafen hatte, fühlte sie sich mehr als ausgeruht und frei von Spannung; sie fühlte sich stark. Sie stand nicht sofort auf, sondern blieb mit geschlossenen Augen auf Bookers Bett liegen und genoss das Gefühl frischer Energie und blendender Klarheit.

Nachdem sie den Sündenfall der kleinen Lula Ann gebeichtet hatte, fühlte sie sich neu geboren. Nicht länger gezwungen, die Ablehnung durch ihre Mutter und die Abkehr ihres flüchtigen Vaters auszuleben, nein, zu überleben. Mühsam riss sie sich aus der Träumerei, setzte sich auf und sah Booker, der an dem heruntergelassenen Klapptisch saß und Kaffee trank. Er wirkte eher versonnen als feindselig, und so gesellte sie sich zu ihm, stibitzte einen Streifen Schinkenspeck von seinem Teller und verzehrte ihn. Dann biss sie in seinen Toast.

«Mehr davon?», fragte Booker.

«Nein. Danke.»

«Kaffee? Saft?»

«Hm. Kaffee vielleicht.»

«Gern.»

Bride rieb sich die Augen und versuchte zu rekonstruieren, was genau abgelaufen war, ehe sie einschlief. Die Schwellung über Bookers linker Schläfe gab einen Hinweis. «Du hast mich ins Bett rübergeschleppt mit nur einem gesunden Arm?»

«Ich hatte Hilfe», sagte Booker.

«Von wem?»

«Queen.»

«Lieber Gott. Sie muss mich für verrückt halten.»

«Glaub ich nicht.» Booker stellte ihr eine Tasse mit Kaffee hin. «Sie ist ein Original. So was wie ‹verrückt› kennt sie nicht.»

Bride blies den Dampf weg, der aus dem Kaffee aufstieg. «Sie hat mir die Sachen gezeigt, die du ihr zugesandt hast. Ein paar Seiten, von dir geschrieben. Warum hast du sie ihr geschickt?»

«Keine Ahnung. Vielleicht fand ich sie zu gut, um sie wegzuschmeißen, aber nicht gut genug, um sie bei mir zu behalten. Wahrscheinlich wollte ich, dass sie an einem sicheren Ort sind. Queen hebt alles auf.»

«Als ich sie las, war mir klar, dass sie alle von mir handeln – richtig?»

«Na, aber sicher!» Booker verdrehte die Augen und stieß einen theatralischen Seufzer aus. «Alles dreht sich um dich, ausgenommen die ganze Welt und das Universum, in dem sie schwimmt.»

«Könntest du aufhören, dich über mich lustig zu machen? Du weißt genau, was ich meine. Du hast das geschrieben, als wir noch zusammen waren, stimmt's?»

«Es sind nur Gedankensplitter, Bride. Gedanken über meine Gefühle und Ängste oder, meistens sogar, über das, was ich wirklich geglaubt habe – damals.»

«Glaubst du immer noch, dass ein gebrochenes Herz brennen sollte wie ein Stern?»

«Ja, tu ich. Aber Sterne können explodieren und verschwinden. Und übrigens kann das, was wir von ihnen sehen, schon längst nicht mehr existieren. Manche könnten vor Tausenden von Jahren erloschen sein, aber wir sehen immer noch ihr Licht. Alte Informationen, die aussehen wie neu. Apropos Information, wie hast du rausgefunden, wo ich mich aufhalte?»

«Es kam ein Brief für dich, genauer gesagt, eine Mahnung wegen einer überfälligen Rechnung, von einem ‹Leihhaus und Reparaturpalast›. Also ging ich dahin.»

«Warum?»

«Um zu bezahlen, Idiot. Und dort erfuhr ich, wo du vielleicht steckst. In diesem Drecksnest nämlich. Sie hatten auch eine Nachsendeadresse bei einem oder einer Q. Olive.»

«Du hast meine Rechnung bezahlt und bist dann die ganze weite Strecke gefahren, um mir eine reinzuhauen?»

«Kann sein. Ich hab es nicht geplant, aber ich muss sagen, es hat sich gut angefühlt. Und deine Trompete habe ich auch dabei. Gibt's noch Kaffee?»

«Du hast sie mit? Meine Trompete?»

«Aber ja. Und repariert ist sie auch.»

«Wo ist sie? Bei Queen?»

«In meinem Wagen. Im Kofferraum.»

Bookers Lächeln wanderte von den Lippen in die Augen. Er freute sich wie ein Kind. «Ich liebe dich! Ich liebe dich!», rief er und sprintete zur Tür hinaus und die Straße hinunter zu Brides Jaguar.

Es begann langsam, leise, wie so oft: scheu und unsicher über den Fortgang, vorsichtig sich vorantastend, versuchsweise erst ein Stück vorpreschend, denn noch war nicht klar, ob es gelingen würde, dann Zutrauen in die eigene Macht gewinnend in der Ekstase von Luft und Licht, denn beides hatte es nicht gekannt im Unterholz, wo es herkam.

Es hatte im Garten hinter dem Wohnwagen gelauert, wo Queen Olive die Sprungfedern ihres Bettes ausgeglüht hatte, um die alljährlichen Wanzennester zu vernichten. Jetzt gewann es schnell an Raum, ließ hier und da eine kleine rote Flamme aufzüngeln, erstarb für Sekunden und sprang stärker und dicker wieder auf, jetzt, da der Weg und das Ziel klar waren: ein nahrhafter, vertrockneter Kiefernstamm, der vor den Stufen an der Hintertür des Wohnwagens lag. Dann die Tür selbst, noch mehr Holz, süß und köstlich. Und endlich der knisternde Genuss, reich besticktes Gewebe zu verschlingen aus Samt und Seide und Spitzen.

Als Bride und Booker eintrafen, hatte sich bereits eine kleine Menschengruppe vor Queens Heim versammelt – Arbeitslose, Alte, ein paar Kinder. Rauch quoll aus den Fensterfugen und über die Türschwelle, als sie sich Zutritt verschafften, Booker voran, Bride dicht hinter ihm. Sie warfen sich zu Boden, wo am wenigsten Rauch war, und krochen zum Sofa, auf dem Queen lag und sich nicht rührte, in besinnungslosen Schlaf versetzt von der List der Gase, die vor der Hitze kamen. Hustend, die Augen tränend, gelang es ihnen mit den vereinten Kräften von Bookers einzig einsatzfähigem und Brides beiden Armen, die Bewusstlose vom Sofa herunterzuzerren und nach draußen zu ziehen, auf das kleine Rasenstück vor dem Wohnwagen.

«Weiter weg, los, noch weiter!», rief einer der Umstehenden. «Es könnte alles in die Luft fliegen!»

Booker hörte ihn nicht, er war nur darauf konzentriert, Luft in Queens Mund zu blasen. Aus der Ferne waren die Sirenen von Feuerwehr und Notarzt zu hören, was die Kinder fast ebenso spannend fanden wie den Anblick eines Feuers, das wie in einem Comic wütete. Plötzlich setzte ein glimmender Span, der sich in Queens Haaren verfangen hatte, ihren ganzen roten Schopf in Brand und hatte ihn in Sekundenbruchteilen verschlungen – noch ehe Bride sich ihr T-Shirt von Leib gerissen und die Flammen erstickt hatte. Als sie das rußige, angesengte

Shirt mit schmerzenden Händen abhob, verzog sie das Gesicht beim Anblick der wenigen übriggebliebenen Büschel, die kaum von der Kopfhaut und den sich rasch bildenden Brandblasen zu unterscheiden waren. Während alldessen flüsterte Booker unablässig: «Yeah, du schaffst es, meine Liebe, du schaffst es, Lady, du schaffst es!» Queen atmete inzwischen, oder vielmehr, sie hustete und spuckte, was immerhin Lebenszeichen waren. Als der Rettungswagen eintraf, liefen noch mehr Zuschauer zusammen, und einige hatten glasige Augen, aber nicht angesichts der stöhnenden Patientin, die auf einer Trage in den Wagen gehievt wurde. Ihre Blicke waren auf Brides entblößte, wohlgerundete Brüste gerichtet. So groß die Freude der Gaffer an diesem Anblick sein mochte, sie war gleich null im Vergleich zu dem Glücksgefühl, das Bride empfand. Es nahm sie so in Anspruch, dass sie nicht nach der Decke griff, die ihr der Sanitäter hinhielt – bis sie den Ausdruck auf Bookers Gesicht sah. Aber es fiel schwer, ihren Überschwang zu zügeln, auch wenn sie sich ein wenig schämte, dass sie ihre Aufmerksamkeit zwischen dem traurigen Anblick der im Heck des Krankenwagens verschwindenden Queen und der magischen Wiederkehr ihrer makellosen Brüste teilte.

Bride und Booker liefen zu dem Jaguar und fuhren hinter dem Krankenwagen her.

Nachdem Queen aufgenommen war, wachte Bride tagsüber bei ihr und Booker in den Nächten, von denen drei vergingen, ehe Queen zum ersten Mal die Augen aufschlug. Mit bandagiertem Kopf und von Schmerzmitteln vernebeltem Hirn erkannte sie keinen ihrer Retter. Es blieb ihnen nur, die Schläuche anzustarren, die an die

Patientin geheftet waren, einer durchsichtig wie Glas und geringelt wie eine Schlingpflanze aus dem Regenwald, andere dünn wie Telefondrähte, alle verbunden mit der weißen Klematisblüte, die das leise Röcheln auffing, das aus ihrer Kehle drang.

Zackenlinien in Primärfarben bluteten auf dem Bildschirm über dem Krankenbett. Transparente Beutel mit Flüssigkeiten wie schal gewordener Champagner tropften in einen Schlauch, der in Queens erschlafftem Arm verschwand. Da sie nicht in der Lage war, eine Bettpfanne zu benutzen, musste sie gesäubert, eingekremt und wieder neu verbunden werden – all das übernahm Bride, die den gleichgültigen Händen der Krankenschwester nicht traute und so sanft zu Werke ging, wie es überhaupt möglich war. Und sie wusch Queen, immer eine Körperpartie nach der anderen, wobei sie darauf achtete, dass vor und nach der Reinigung gut bedeckt blieb, was bedeckt sein sollte. Queens Füße rührte sie nicht an, weil Booker, wenn er sie am Abend ablöste, darauf bestand, diese Aufgabe wie eine österliche Fußwaschung zu übernehmen, als symbolischen Akt der Ergebenheit. Er kümmerte sich um die Nägel, seifte die Füße ein, spülte sie sauber und massierte sie zum Abschluss langsam und rhythmisch mit einem Öl, das nach Heidekraut duftete. Mit Queens Händen verfuhr er ebenso, und während alldessen verfluchte er sich selbst für die Abneigung, die er bei seinem letzten Gespräch mit ihr empfunden hatte.

All diese Handreichungen wurden schweigend verrichtet, und die Stille, die nur von Brides gelegentlichem Summen unterbrochen wurde, war ein Balsam, der beiden wohltat. Sie arbeiteten zusammen wie ein echtes

Paar, ohne an sich selbst zu denken, nur um jemand anderem zu helfen. Unter Fremden im Warteraum eines Krankenhauses zu sitzen, ohne etwas tun zu können, war eine Qual. Aber es war nicht minder qualvoll, machtlos auf die Verletzte zu starren und jede Regung, jeden Atemzug, jede Verlagerung des leidenden Körpers zu verfolgen. Nach drei Tagen des Wartens, unterbrochen von jeglicher Hilfe, die sie leisten konnten, sprach Queen zum ersten Mal wieder, ihre Stimme ein raues, unverständliches Krächzen unter der Sauerstoffmaske. Dann wurde eines späten Abends die Maske abgenommen, und Queen flüsterte: «Werde ich wieder gesund?»

Booker lächelte sie an. «Aber natürlich. Keine Frage.» Er beugte sich zu ihr und küsste sie auf die Nasenspitze.

Queen leckte sich über ihre ausgetrockneten Lippen, schloss die Augen wieder und begann zu schnarchen.

Als Bride kam, um ihn abzulösen, erzählte er ihr, was passiert war, und sie feierten das Ereignis mit einem gemeinsamen Frühstück in der Cafeteria des Krankenhauses. Bride bestellte sich Müsli, Booker einen Orangensaft.

«Was ist eigentlich mit deinem Job?» Booker hob die Augenbrauen.

«Was soll damit sein?»

«Ich frage ja nur, Bride. Schon mal was von Konversation bei Tisch gehört?»

«Von meinem Job hab ich jedenfalls nichts gehört. Ist mir auch egal. Ich finde schon wieder einen.»

«Ach, tatsächlich?»

«Tatsache. Und du? Holzfäller für immer und ewig?»

«Vielleicht. Vielleicht auch nicht. Holzfäller ziehen

weiter, sobald sie einen Wald zu Kleinholz gemacht haben.»

«Mach dir bloß mal keine Sorgen über mich.»

«Mach ich aber.»

«Seit wann?»

«Seit du mir eine Bierflasche über die Rübe gezogen hast.»

«Tut mir leid.»

«Ehrlich? Mir aber auch.»

Sie kicherten.

Jetzt, da sie sich nicht am Krankenbett befanden und erleichtert waren, weil Queen Fortschritte zu machen schien, konnten sie miteinander scherzen und sich necken wie ein altes Ehepaar.

Als hätte er etwas vergessen, schnippte Booker plötzlich mit den Fingern. Dann griff er in die Brusttasche seines Hemds und zog Queens goldene Ohrringe heraus. Man hatte sie ihr abgenommen, um ihren Kopf bandagieren zu können. Seitdem waren sie in der Schublade ihres Nachttischs gelegen.

«Nimm sie», sagte Booker. «Queen hat sie in Ehren gehalten, und es ist sicher in ihrem Sinn, dass du sie trägst, bis es ihr bessergeht.»

Bride griff sich an die Ohrläppchen, ertastete die Wiederkehr winziger Löcher und grinste breit, während ihr Tränen über die Wangen liefen.

«Lass mich machen», sagte Booker. Vorsichtig steckte er die kleinen Drahtstifte in Brides Ohrläppchen. «Ein Glück, dass Queen sie anhatte, als der Wohnwagen Feuer fing, denn alles andere ist verbrannt», sagte er. «Keine Briefe, kein Adressbuch, nichts ist übrig. Ich musste meine Mutter anrufen und sie bitten, sich mit Queens Kindern in Verbindung zu setzen.»

«Kann sie sie denn erreichen?», fragte Bride, die ihren Kopf sanft hin und her bewegte, um das Schaukeln der kleinen Goldscheiben besser zu spüren. Alles wurde wieder wie früher. Fast alles. Fast.

«Ein paar», erwiderte Booker. «Eine Tochter in Texas, Medizinstudentin. Die wird leicht zu finden sein.»

Bride rührte in ihrem Müsli, kostete einen Löffel voll und fand es zu kalt. «Mir hat sie erzählt, dass sie keines ihrer Kinder mehr sieht. Aber sie schicken ihr Geld.»

«Alle hassen sie aus irgendwelchen Gründen. Ich weiß, dass sie einige verlassen hat, um andere Männer zu heiraten. Jede Menge anderer Männer. Und sie wollte oder konnte die Kinder nicht mitnehmen. Da waren die jeweiligen Väter davor.»

«Ich glaube aber trotzdem, dass sie ihre Kinder liebt», sagte Bride. «Überall in ihrem Wohnwagen hatte sie Fotos von ihnen hängen.»

«Tja, bei diesem Schwein, das meinen Bruder umgebracht hat, hingen auch Fotos in seinem Dreckloch. Nämlich von allen seinen Opfern.»

«Das ist nicht das Gleiche, Booker.»

«Nicht?» Er sah zum Fenster hinaus.

«Nein. Queen liebt ihre Kinder.»

«Das sehen die anders.»

«Ach, hör auf», sagte Bride. «Kein blödes Hickhack mehr, wer jetzt eigentlich wen liebt.» Sie schob die Müslischale in die Mitte des Tisches und nippte an Bookers Orangensaft. «Sei friedlich, alter Hasser. Komm und lass uns nachschauen, wie es Queen geht.»

Als sie zu beiden Seiten des Krankenbetts standen, waren sie glücklich, Queen laut und verständlich sprechen zu hören.

«Hannah? Hannah?» Queen starrte auf Bride und atmete schwer. «Komm zu mir, mein Baby. Hannah?»

«Wer ist Hannah?», fragte Bride.

«Ihre Tochter. Die Medizinstudentin.»

«Sie hält mich für ihre Tochter? Lieber Himmel. Die Tabletten und Infusionen, wahrscheinlich. Das Zeug muss sie verwirrt haben.»

«Oder fokussiert», sagte Booker. Er dämpfte seine Stimme. «Es gab da was mit dem Mädchen. In der Familie wurde gemunkelt, dass Hannah sich über ihren Vater beklagt hat – der Asiate war das wohl, oder der Texaner – und dass Queen sie nicht anhören oder ihr nicht glauben wollte. Der Mann soll Hannah begrapscht haben, und Queen wollte nichts davon wissen. Seitdem herrschte Eiszeit zwischen Mutter und Tochter.»

«Es liegt ihr immer noch auf der Seele.»

«Mehr als das.» Booker setzte sich auf einen Stuhl am Fußende des Bettes, ohne die Aufmerksamkeit von Queens ständigen, jetzt nur noch geflüsterten Rufen nach Hannah abzuwenden. «Inzwischen glaube ich, dieser Vorfall erklärt, warum sie mir geraten hat, Adam nicht gehen zu lassen, mich an ihn zu klammern.»

«Aber Hannah ist nicht tot.»

«In gewisser Weise schon, zumindest für ihre Mutter. Du hast die Fotogalerie in Queens Wohnwagen gesehen. Eine ganze Wand voll. Sieht aus wie ein großes Gruppenbild. Aber die meisten Bilder sind von Hannah – als Baby, als Teenager, beim Highschoolabschluss, bei irgendeiner

Preisverleihung. Es ist mehr eine Gedenktafel als eine Galerie.»

Bride trat hinter Bookers Stuhl und fing an, seine Schultern zu massieren. «Ich dachte, die Fotos wären von allen ihren Kindern», sagte sie.

«Ja, von einigen. Aber Hannah regiert.» Er lehnte seinen Kopf an Brides Bauch und ließ die Anspannung abfließen, von der er nicht gewusst hatte, dass sie in ihm steckte.

Nach ein paar Tagen weiterer, von Bride und Booker freudig registrierter Besserung war Queen zwar immer noch verwirrt, sprach aber und aß auch wieder. Allerdings war es schwirig, ihren Worten zu folgen, da sie meist nur geographische Namen – nämlich der Orte, an denen sie gelebt hatte – aufzählte oder von Erinnerungen sprach, die nur Hannah hätte teilen können.

Bride und Booker waren erleichtert, als sie vom behandelnden Arzt hörten: «Es geht ihr schon besser. Viel besser.» Sie entspannten sich und begannen Pläne für die Zeit nach Queens Entlassung zu schmieden. Sollten sie einen Ort suchen, an dem sie alle drei zusammenleben könnten? Einen gemeinsamen großen Wohnwagen beschaffen? Zumindest fürs Erste, bis Queen sich wieder selbst versorgen konnte, gingen sie davon aus, dass sie mit ihr unter einem Dach wohnen würden.

Aber nach und nach verdunkelten sich die Aussichten für die unmittelbare Zukunft, die sie sich so leuchtend ausgemalt hatten. Die karnevalsbunten Linien auf den Monitoren wurden unsteter und flacher, und das Gebimmel von Alarmglocken untermalte ihren Niedergang. Booker und Bride wagten kaum noch zu atmen, als Queens Blutwerte schlechter wurden und ihre Temperatur stieg. Ein Krankenhauskeim, resistent gegen alles, griff sie so heimtückisch und böse an, wie die Flammen ihr Heim vernichtet hatten. Sie warf sich ein wenig hin und her, dann streckte sie die Arme in die Höhe, krallte mit den Fingern, reckte sich höher und höher nach den Sprossen einer Leiter, die nur sie allein sehen konnte. Dann hörte all das auf.

Zwölf Stunden später war Queen tot. Eines ihrer Augen stand noch offen, sodass Bride es nicht wahrhaben wollte. Booker drückte Queen das Auge zu, und danach schloss er auch seine Augen.

Während der drei Tage des Wartens, bis Queen eingeäschert wurde, stritten sie sich über die Auswahl der Urne. Bride wollte etwas Elegantes aus Bronze. Booker zog ein umweltfreundlicheres Material vor, das sich nach der Beisetzung wieder in Erde verwandeln würde. Als sie feststellten, dass es im Umkreis von fünfunddreißig Meilen keinen Friedhof und in der Wohnwagensiedlung keine geeignete Stelle für ein Urnenbegräbnis gab, einigten sie sich auf einen Pappkarton, der die Asche nur beherbergen sollte, bis sie in einen Fluss verstreut werden würde. Booker bestand darauf, das Ritual allein zu vollziehen, während Bride im Auto wartete. Sie beobachtete ihn genau und bangen Herzens, als er mit dem Karton voller Asche unter dem rechten Arm und der an den Fingern seiner linken Hand baumelnden Trompete zum Flussufer ging. Diese letzten Tage des gemeinsamen Planens, überlegte Bride, waren so angenehm gewesen, weil sie sich auf die Angelegenheiten einer Dritten, die sie beide liebten, konzentriert hatten. Was aber mochte jetzt geschehen, wenn oder falls sie wieder zu zweit sein würden, nur mit sich selbst beschäftigt? Sie wollte niemals wieder ohne Booker leben, aber wenn es nicht anders ging, dann war es auch okay. Die Zukunft? Mit der würde sie fertig werden, so oder so.

Bookers Zeremonie zu Ehren seiner geliebten Queen kam von Herzen, ging aber ziemlich daneben. Die Asche war so klumpig, dass sie sich nicht würdig verstreuen ließ, und seine musikalische Huldigung, ein Versuch mit «Kind of Blue», litt unter falschen Tönen und fehlender Inspiration. Er machte es kurz, und anschließend, erfüllt von einer Traurigkeit, wie er sie seit Adams Tod nicht mehr empfunden hatte, warf er die Trompete in das graue Wasser, als hätte sie ihn im Stich gelassen und nicht er sie. Eine Weile sah er zu, wie das Instrument auf dem Wasser trieb, dann setzte er sich hin und barg die Stirn in seinen Händen. Seine Gedanken waren verengt, verödet. Er hatte es nie für möglich gehalten, dass Queen sterben würde, dass sie überhaupt sterben könnte. Während eines Großteils der Zeit, als er ihre Füße pflegte und ihrem Atem lauschte, hatte er nur über sein Unbehagen nachgegrübelt. Wie zerrissen sein Leben jetzt war: Hier die Sorge um eine Tante, die er verehrte und die jetzt tot war durch eigenen Leichtsinn – wer zum Teufel glüht heutzutage noch seine Sprungfedern aus? Und auf der anderen Seite, plötzlich so bedrängend, die Wiederkehr der Frau, mit der er einst Spaß gehabt hatte, die jetzt aber nicht mehr eindimensional, sondern ein Mensch aus Fleisch und Blut und Herz war – fordernd, aufmerksam, mutig. Und wie hatte er nur glauben können, dass er ein begnadeter Trompetenspieler wäre, der dem Anlass einer Beisetzung gerecht werden, die Musik als Sprache des Gedenkens und der Feier nutzen oder mit ihr seinen persönlichen Verlust wettmachen könnte? Wie lange hatte ihn das Trauma seiner Kindheit schon vom Schwung und der Woge des Lebens abgeschottet? Seine Augen brannten, aber er war unfähig zu weinen.

Von einem seltenen, ersehnten Lufthauch berührt, trieben Queens Überreste weiter und weiter flussabwärts. Der Himmel, zu mürrisch, um den versprochenen Sonnenschein zu liefern, schickte stattdessen heiße Schwüle. Erfüllt von Gefühlen unerträglicher Einsamkeit und tiefer Reue stand Booker auf und kehrte zu Bride in den Jaguar zurück.

Im Wagen herrschte ein bedrückendes, brutales Schweigen, wahrscheinlich deshalb, weil es an Tränen fehlte und nichts Wichtiges zu besprechen war. Außer einer Sache, einer einzigen.

Bride holte tief Luft, ehe sie die Totenstille durchbrach. Jetzt oder nie, dachte sie.

«Ich bin schwanger», sagte sie mit klarer und ruhiger Stimme. Sie blickte starr geradeaus auf die von vielen Fuhren abgenutzte, mit Kies und Sand befestigte Straße.

«Was hast du da gesagt?» Bookers Stimme klang belegt.

«Du hast es gehört. Ich bin schwanger, und es ist deins.»

Booker sah sie lange an, ehe er den Blick zum Fluss wendete, wo noch immer ein Klumpen von Queens Asche schwamm, während die Trompete untergegangen war. Eine durch Feuer, eine durch Wasser, dachte er – zwei seiner großen Lieben dahin. Eine dritte durfte er nicht auch noch verlieren. Mit nur der winzigsten Andeutung eines Lächelns drehte er sich wieder zu Bride um.

«Nein», sagte er. «Es ist unseres.»

Dann reichte er ihr die Hand, nach der sie sich ihr ganzes Leben lang gesehnt hatte, die Hand, die sie verdient hatte, ohne dafür lügen zu müssen, die Hand des Vertrauens und Umsorgens – eine Kombination, die für manche gleichbedeutend ist mit Liebe. Bride strich über Bookers Handfläche, dann verschränkte sie ihre Finger mit den seinen. Sie gaben sich einen kleinen Kuss, lehnten sich zurück auf ihre Kopfstützen und ließen ihre Körper in das weiche Rindsleder der Sitze sinken. Ihre Blicke nach vorn durch die Windschutzscheibe gerichtet, begannen sie, jeder für sich, herbeizuphantasieren, was die Zukunft ganz sicher bringen würde.

Kein einsam mit seiner Angelrute herumstreunendes Kind kam vorbei, um einen Blick auf die beiden Erwachsenen in dem staubig-grauen Auto zu werfen. Aber wäre eines vorbeigekommen, hätte es ein erschöpftes Lächeln auf den Gesichtern des Paars gesehen und eine traumverlorene Leere im Blick. Und natürlich wäre ihm völlig egal gewesen, woher dieser Widerschein des Glücks rührte.

Ein Kind. Neues Leben. Immun gegen alles Böse, jede Krankheit, behütet vor Entführung, Schlägen, sexueller Gewalt, Rassismus, Demütigung, Verletzung, Selbstzweifel, Verwahrlosung. Niemals irrend, voller Güte. Ohne Zorn.

So stellen sie es sich vor.

SWEETNESS

Mir ist dieses Heim hier – Winston House – lieber als die großen, teuren Pflegeheime draußen im Grünen. Meins ist klein, gemütlich, billiger, einen Rundum-die-Uhr-Pflegedienst gibt's auch, und der Doktor kommt zweimal die Woche ins Haus. Ich bin erst dreiundsechzig – zu jung, um den Löffel abzugeben –, aber ein schleichendes Knochenleiden hat mich außer Gefecht gesetzt, deshalb bin ich auf ständige Pflege angewiesen. Die Langeweile setzt mir mehr zu als die Schwäche oder der Schmerz, aber die Schwestern sind wirklich süß. Eine hat mich gerade auf die Wange geküsst und mir dann gratuliert, weil ich ihr erzählt habe, dass ich Großmutter werde. Ihr Lächeln und ihre Komplimente hätten für die Krönung einer Königin gereicht.

Ich hatte ihr die Nachricht auf blauem Briefpapier gezeigt, die ich von Lula Ann erhalten habe – na ja, unterschrieben hat sie mit «Bride», aber darauf gebe ich von jeher nichts. Ihre Worte klangen übermütig. «Du wirst es nicht glauben, S.! Ich bin so was von glücklich, dir das schreiben zu können. Ich kriege ein Baby! Ich bin ganz hin und weg und hoffe, du bist das auch!» Hin und weg wird sie wohl von dem Baby sein und nicht vom Vater, denn von dem schreibt sie kein Sterbenswörtchen. Ich frage mich, ob er so schwarz ist wie sie. Falls ja, bleibt ihr der Kummer erspart, den ich mit ihr hatte. Seit ich jung war, hat sich ja einiges geändert. Blauschwarze sieht man überall im Fernsehen, in Modemagazinen, in Werbespots, sogar im Kino spielen sie Hauptrollen.

Auf dem Kuvert steht kein Absender. Also hält sie mich wohl immer noch für die Rabenmutter, die bis ins Grab hinein bestraft wird für die Art, wie ich sie großgezogen habe. Dabei hab ich ihr Bestes gewollt, und es ging auch gar nicht anders. Ich weiß, dass sie mich hasst. Sobald sie nur konnte, ist sie aus dieser schrecklichen Wohnung abgehauen und hat mich alleingelassen. Sie ist so weit weg, wie sie nur konnte: hat sich aufgetakelt und einen tollen Job in Kalifornien an Land gezogen. Als ich sie das letzte Mal traf, sah sie so toll aus, dass mir ihre Hautfarbe gar nicht mehr aufgefallen ist. Aber unsere Beziehung besteht nur noch darin, dass sie mir Geld schickt. Natürlich bin ich dankbar für die Scheinchen, weil ich bei Extrawünschen nicht betteln muss wie viele andere Heiminsassen. Wenn ich einen frischen Satz Karten haben will, um Solitär zu spielen, dann kriege ich den und brauche nicht die dreckigen, abgefingerten Karten zu benutzen, die im Aufenthaltsraum bereitliegen. Und ich kann mir meine spezielle Gesichtscreme leisten. Aber täuschen lasse ich mich davon nicht. Mir ist klar, dass sie das Geld nur schickt, weil sie dann wegbleiben und trotzdem den kleinen Rest von Gewissen beruhigen kann, den sie noch hat.

Wenn ich gereizt und undankbar wirke, dann zum Teil wohl deshalb, weil ich manches durchaus bereue. All die Kleinigkeiten, die ich versäumt oder falsch gemacht habe. Ich erinnere mich noch an meine Reaktion, als sie ihre erste Periode hatte. Oder wie ich sie gleich angeschrien habe, wenn sie gestolpert ist oder etwas fallen ließ. Wie ich sie zur Schnecke gemacht habe, damit sie nur ja nichts über unseren Vermieter herumtratscht – diesen Hund. Zugegeben, ich war wirklich fassungslos, sogar abgestoßen von ihrer schwarzen Haut, als sie geboren wurde, und ich habe sogar mit dem Gedanken gespielt – nein. Diese Erinnerungen muss ich wegsperren, auf der Stelle. Sie bringen nichts. Ich weiß, dass ich unter den Umständen, wie sie nun mal waren, das Beste für sie getan habe. Als mein Mann uns beide sitzenließ, war Lula Ann eine Last. Eine schwere Last, aber ich hab sie mit Anstand getragen.

Ja, ich war hart zu ihr, das könnt ihr laut sagen. Nachdem sie all die Aufmerksamkeit bekam wegen dem Prozess gegen diese Lehrerin, war mit ihr überhaupt nichts mehr anzufangen. Als sie zwölf war und dann bald dreizehn, musste ich sie noch härter anfassen. Sie gab Widerworte und wollte nicht essen, was ich gekocht habe, und hat die verrücktesten Sachen mit ihrem Haar angestellt. Wenn ich es zu Zöpfen geflochten hatte, war sie kaum in der Schule, und schon trug sie es wieder offen. Ich konnte nicht zulassen, dass sie verkommt. Ich hab alldem einen Riegel vorgeschoben und sie gewarnt vor den Namen, die man ihr mal nachrufen würde. Aber einiges von meiner Erziehung muss hängengeblieben sein. Seht euch an, was aus ihr geworden ist. Eine reiche Karrierefrau. Was will man mehr?

Jetzt ist sie schwanger. Gut gemacht, Lula Ann. Aber wenn du glaubst, Mutter zu sein heißt nichts weiter als Schmusen und gestrickte Schuhchen und Windeln, dann steht dir eine große Überraschung bevor. Ein Schock. Du und dein namenloser Freund, Ehemann, Liebhaber, was immer, ihr denkt AAAAH! Ein Baby! Dutzidutzi eiei!

Hör mich an. Du wirst rasch herausfinden, was es mit sich bringt, wie die Welt reagiert, was es bedeutet und wie es dich verändert, wenn du eine Mutter bist.

Viel Glück, und Gott, hilf dem Kind.

Weitere Titel von Toni Morrison

Die Herkunft der anderen

Gnade

Gott, hilf dem Kind

Heimkehr

Im Dunkeln spielen

Jazz

Liebe

Menschenkind

Paradies

Sehr blaue Augen

Solomons Lied

Sula

Teerbaby

Toni Morrison
Herkunft der anderen
Über Rasse, Rassismus und Literatur

Die amerikanische Literaturnobelpreis-Trägerin Toni Morrison hat ihr Leben als Schriftstellerin der Rassenfrage und dem Rassismus gewidmet. Nun meldet sie sich mit klugen, schneidend klaren Worten zum Thema Rassismus in Amerika.

Die sechs hier abgedruckten Texte basieren auf Vorlesungen an der Harvard University im Sommer 2016. Es sind Betrachtungen über Rasse und Rassismus, die die Zerrissenheit der amerikanischen Gesellschaft widerspiegeln und durch die Wahl eines das Land spaltenden Präsidenten sowie den zunehmenden, unverbrämten Alltagsrassismus eine brennende Aktualität bekommen.

Eine große Autorin erhebt ihre Stimme. Ein brisantes Buch, das Mut macht und Hoffnung gibt.

112 Seiten

Das für dieses Buch verwendete Papier ist FSC®-zertifiziert.